AF304110

ARVID HEUBNER

BLUTROT

DIE JAGD

Erstausgabe Juni 2022

Copyright © 2022 dp Verlag, ein Imprint der
dp DIGITAL PUBLISHERS GmbH
Made in Stuttgart with ♥
Alle Rechte vorbehalten

Blutrot die Jagd

ISBN 978-3-96087-862-2
E-Book-ISBN 978-3-96087-861-5

Dies ist eine überarbeitete Neuausgabe des bereits 2021 bei dp Verlag, ein Imprint der dp DIGITAL PUBLIHERS GmbH erschienenen Titels Totenzug (ISBN: 978-3-96817-494-5).

Covergestaltung: Anne Gebhard
Umschlaggestaltung: ARTC.ore Design
Unter Verwendung von Abbildungen von
shutterstock.com: © pisaphotography, © brickrena
neo-stock.com: © Tom Parsons
Lektorat: Nadine Buranaseda, typo18, Bornheim
Satz: dp DIGITAL PUBLISHERS GmbH
Druck und Bindung: Books on Demand GmbH, Norderstedt

Operation Iraqi Freedom

Ich möchte sagen, dass die Welt unter meiner Füh-
rung freier und friedvoller geworden ist und Amerika
sicherer.
George W. Bush, US-Präsident, 28. Oktober 2003

Basra International Airport
Basra, Irak
24. Dezember 2003
16:17 Uhr

Es sah aus wie im finstersten Mittelalter. Dazu die markerschütternden Schreie der zahlreichen Verwundeten. Jungen, die ihre Volljährigkeit kaum erreicht hatten, schrien nach ihren Müttern, während überforderte, abgestumpfte Ärzte ihnen die Gliedmaßen amputierten und das nutzlos gewordene Fleisch im Anschluss achtlos beiseite warfen. Narkosemittel waren seit einer Woche aus, Nachschub ließ weiter auf sich warten.

Die Sonne verschwand allmählich hinter dem Horizont, die drückende Schwüle des Tages blieb. Kein erfrischender Luftzug, der den üblen Gestank von geronnenem Blut, verbranntem Menschenfleisch und süßlicher Verwesung vertreiben konnte. Einer der blutigsten Tage seit Beginn der Invasion ging zur Neige. Die »Helfer im roten Kittel« arbeiteten weit über die Grenzen ihrer eigenen Erschöpfung hinaus. Egal, niemand hier würde sich über eventuell verschuldete Kunstfehler beschweren.

In der Ferne über der Stadt standen pechschwarze Rauchschwaden, und der Widerhall von Geschützlärm und Kalaschnikows vermischte sich mit dem Geschrei der Opfer.

Wenn Anspruch auf Wirklichkeit traf ... Major Magnus Lindhjem betrachtete seit einer Weile stumm und mit verschränkten Armen diesen Vorhof zur Hölle. Er musste unfreiwillig schmunzeln, als er an die mehr als leichtsinnige Aussage des Mannes dachte, dem sie dieses Abenteuer zu verdanken hatten. So sah es aus, wenn eine unterfinanzierte, schlecht ausgerüstete Armee gegen die »Achse des Bösen« in den Kampf zog. In einen Krieg, der von Beginn an falsch kalkuliert gewesen war. Niemand hatte mit diesem Widerstand gerechnet. Elf Tage zuvor war den amerikanischen Truppen Saddam Hussein ins Netz gegangen. Die vor lauter Euphorie völlig betrunkene Militärführung hatte sich zu der Prognose hinreißen lassen, dass der Aufstand danach zusammenbrechen würde. Doch weit gefehlt! Seitdem war die Bevölkerung des okkupierten Landes erst so richtig aufgestachelt.

Und als wäre all das nicht schon schlimm genug gewesen, gab es hartnäckige Gerüchte. Niemand in Norwegen verstand, was ein paar Hundert ihrer Landsleute in diesem Wüstensand zu suchen hatten. Er hatte es anfangs auch nicht verstanden. Langsam begann er zu begreifen. So wie die vielen Tausend Demonstranten, die in der Heimat auf die Straße gingen. Der Major schmunzelte erneut. Die Spanier waren bereits eingeknickt. Was das für die gequälten Seelen der völlig umsonst ins Verderben Gestürzten bedeutete – niemanden schien es groß zu kümmern.

Lindhjem hatte genug gesehen und wollte das Lazarett verlassen. Dabei stieß er fast mit Kaptein Henning Mikkalsen zusammen, dessen Kommen er nicht bemerkt hatte.

»Frohe Weihnachten, Henning! Wie du siehst, haben wir Bescherung«, sagte Lindhjem zu seinem Kollegen, der heute ziemlich blass im Gesicht war. Das musste am Wasser liegen.

»Was war es diesmal?«

»Eine dänische Einheit ist am Al-Basra-Ölterminal unter schweres Feuer geraten. Die Briten, die sie da rausholen sollten, hat es bei Shu'aiba erwischt. Eine vergrabene Rucksackbombe. Vier Tote, ein Dutzend Schwerverletzte. Was machen wir hier eigentlich? Hörst du mir überhaupt zu?«

Der Kaptein wirkte ungewohnt abwesend. Irgendetwas stimmte mit ihm nicht.

»Was? Entschuldige ...« Mit zitternder Hand überreichte er ihm eine Meldung. »Das kam gerade.«

Magnus Lindhjem las und fing bald an, mit den Zähnen zu knirschen. Die Gerüchte waren nicht länger nur Gerüchte, sondern harte Fakten. Er knüllte das Papier zusammen.

»Feiglinge!«

»Wir wurden verraten und verkauft!« Henning Mikkalsens Stimme bebte.

Er legte ihm um Fassung bemüht beruhigend eine Hand auf die Schulter. »Geduld. Eines Tages werden sie begreifen. Und sie werden teuer für ihren Verrat bezahlen.«

Teil I – Dernière Danse

Sonntag, 3. März

Sein Zielobjekt verhielt sich seit der Ankunft in Paris »konform«. Es wusste, dass es möglicherweise beschattet wurde. Jeden unnötigen Schritt vor die Tür des Hotelzimmers hatte es strikt vermieden. Im Freien schirmte es sich so ab, dass kein Zugriff erfolgen konnte, ohne ihn gleichzeitig zu enttarnen. Dabei hatte sein Zielobjekt keine Ahnung, wie nahe er ihm wirklich war.

Endlich wähnte es sich in Sicherheit. Er ging seine gedankliche Checkliste noch einmal durch. Personenobservation, Objektobservation, Standortobservation. Vorbereitung, technische Hilfsmittel, Koordinierung.

Vor dem Bahnhofsgebäude regnete es in Strömen. Das Stationsinnere war belebt. Ein Großteil der Reisenden kehrte an die Arbeitsplätze in Lille, Brüssel oder anderswo im Norden zurück. Hinaus aus der ungemütlichen Kälte, hinein ins Trockene, schnurstracks in die bereitstehenden Züge. In Gedanken hatten sie ihr wie immer viel zu kurzes Wochenende in der Hauptstadt längst abgehakt und die neue Arbeitswoche vor Augen. Kein Blick fürs Bahnhofsgeschehen, keine Aufmerksamkeit für Details.

Das Zielobjekt hatte sich bis eben beim Zeitungsstand aufgehalten und wandte sich zum Gehen. Die Observation führte zum Entschluss, der Entschluss zur Ausführung. Jetzt.

»Au! Passen Sie doch auf!« Sein Ziel fasste sich unwirsch an die linke Wade. Für nicht einmal einen winzigen Sekundenbruchteil blickte es ihm ins Gesicht. Die »Konformität« – durchbrochen.

»Pardon, Monsieur«, murmelte er kaum verständlich und entfernte sich.

Auftrag abgeschlossen.

Ein kurzer Moment der Unachtsamkeit ... Fast wäre er mit einer an ihm vorübereilenden jungen Frau zusammengestoßen. Nein! Sie? Was machte *sie* hier? Er kannte sie, nicht persönlich, aber das Gesicht, ihren Namen, ihre Akte. Den Zusammenstoß hatte er gerade noch abwenden können. Sie erkannte ihn nicht. Woher auch? Er ertappte sich dabei, wie er erleichtert durchatmete.

Keinerlei Gefühlsregung zeigen! Kaltblütigkeit.

Wo steckte sein Zielobjekt? Er hatte es aus den Augen verloren. Suchender Blick. Korrektur. Sichtkontakt zum Zielobjekt wieder aufgenommen. Zielobjekt besteigt Zug.

Eine spontane Änderung der Operationsparameter. Sie bestieg denselben Zug! Im Kopf ging er die Informationen durch, die er über sie hatte. Sein fotografisches Gedächtnis erlaubte es ihm, alle potenziellen Gegenspieler zu identifizieren, ihre Handlungen zu antizipieren. Routine. Als »Feuchtling« kannte man immer seine möglichen Gegenspieler. Dann berechnete er das Risiko neu. Wirkzeit, wahrscheinliche Destination, Fahrtdauer. Er kam nur zu einem Ergebnis: Das Risiko lag nunmehr bei hundert Prozent. Sollte er seinen Auftraggeber informieren? Er entschied sich dagegen. Sein Job war erledigt.

Auffällig unauffällig verließ er die Station Richtung Rue de Maubeuge. Der Kameraüberwachung war er sich sehr wohl bewusst. Bisher konnte er davon ausgehen, dass seine Visage niemandem auffallen würde. Ein ungemeiner Vorteil in seiner Profession. Von nun an kalkulierte er die staatlich angeordnete Vorratsdatenspeicherung mit ein. Für den Fall der Fälle. Eine Art Rückversicherung. Paranoid. Paranoia gehörte zum Handwerk.

Er griff zum Mobiltelefon, einem Einweggerät mit Prepaidkarte, und gab die Nummer ein, die man ihm nur für diesen Fall gegeben hatte.

»Ja?«

»Ihr Paket wurde ausgeliefert.«

»Jetzt erst?«

»Keine andere Möglichkeit. Lieferorte erwiesen sich allesamt als zu belebt. Ich weiß, was ich tue.«

»Das will ich hoffen. Wir tolerieren keine Fehler.«

Damit war das Gespräch beendet. Er löschte den Gesprächsverlauf und entsorgte das Telefon.

Wir tolerieren keine Fehler ... Wo hatte er das schon einmal gehört? Er kramte in seinem Gedächtnis und wurde fündig. Herrgott! Ein kurzes Frösteln durchfuhr ihn. *Keinerlei Gefühlsregung!* Er realisierte sofort, dass er diesen Auftrag niemals hätte annehmen dürfen. Anonymer Auftraggeber, Kontakt nur über Dritte ... Völlig entgegen seiner Gewohnheit! Er wurde nachlässig. Jetzt musste er seine Optionen abwägen und umgehend mit der Planung beginnen. Vorbereitung, technische Hilfsmittel, Koordinierung. Es gab nur zwei Optionen. Auf der einen Seite: der General. Auf der anderen

Seite: *sie.* Chloé Lambert, Lieutenant der Pariser Polizeidirektion und neue Ermittlerin bei Europol.

Thalys 9351 Paris Nord – Amsterdam Centraal
Zwischen Antwerpen und Rotterdam
16:50 Uhr

Mütter ... Ihre Mutter brachte Chloé Lambert langsam zur Weißglut.

»Müssen wir das wieder und wieder diskutieren?«

»Schatz, es liegt mir fern, dir Vorschriften zu machen. Ich will doch nur deine Entscheidung verstehen.«

»Meine Entscheidung verstehen? Auf die Gefahr hin, mich zu wiederholen: Paris ist eine Sackgasse!«

»Dein Vater hat seine Beziehungen spielen lassen. Du bräuchtest dich nur ein wenig zu gedulden. Aber bei dir muss ja immer alles sofort passieren.«

Unwillkürlich krallte sie sich mit der freien Hand an der Armlehne ihres Sitzes fest. »Das ist überhaupt nicht wahr! Drei Jahre lang war ich in diesem beschissenen Laden. Drei Jahre keine Beförderung, keine Belobigung und immer nur die Drecksarbeit.«

»So ist das eben. Man muss sich erst einmal bewähren.«

»Ich habe mich ›bewährt‹. Keinen Schwanz hat es interessiert! Aber anscheinend gibt's anderswo Leute, die meinen Arbeitseifer zu würdigen wissen.«

»Europol ... Du schadest nur deiner Karriere! Falls du eines Tages zurückwillst, wer nimmt dich dann noch? Kannst du seine Enttäuschung nicht verstehen?«

»Seine Enttäuschung? Wie ist es mit *meiner* Enttäuschung? Solange diese Punzenlecker von der ESSEC oder der ENA das Sagen haben, sind die

Karriereaussichten eh düster. Niemand nimmt Rücksicht auf das aquitanische Landei aus Bordeaux.«

»Kind, du wirst ordinär!«

»Maman ...«

»Ja, ja, ja. Du musst es wissen.«

»Lass gut sein. Wie geht es Papa?«

»Enttäuscht ist er schon. Du fehlst ihm.«

»Ach, wirklich?«

»Wenn du nicht so starrköpfig wärst. Da kommst du ganz nach ihm.«

»Wir wollen mal eines klarstellen: *Er* redet nicht mit *mir.*«

»Gib ihm Zeit.«

»Kann er haben.«

»Mein Schmetterling, lass uns nicht streiten. Wir machen uns eben Sorgen.«

»Unnötigerweise. Ich bin erwachsen und kann auf mich selbst aufpassen. Es ist Den Haag, nicht Mali.«

»Zieh dich wenigstens warm an. Das Klima dort ist so rau, du erkältest dich leicht.«

Chloé verdrehte die Augen. Gut, dass ihre Mutter sie in diesem Moment nur hören und nicht sehen konnte. Sie würde auf ewig der kleine »Schmetterling« bleiben, wie ihre Mutter sie mit Kosenamen nannte. Sie würde dann noch der kleine »Schmetterling« sein, wenn sie alt und klapprig war. Und unverheiratet, denn das war die heimliche Sorge ihrer Mutter.

Wie zur Erlösung kündigte die Durchsage aus den Zuglautsprechern den nächsten Halt an: Rotterdam Centraal.

»Wir sind gleich da. Ich muss auflegen.«

»Melde dich bald.«

»Mache ich. Gib Papa einen Kuss von mir.«

In einer Sache hatte ihre Mutter recht. Sie kam tatsächlich nach ihrem Vater, Geduld war ihre Stärke nicht. Dennoch hatte sie die richtige Entscheidung getroffen, und ihre Eltern würden sich damit abfinden müssen.

Eine weitere Eigenschaft, die Chloé von ihrem Vater geerbt hatte, war ihre Impulsivität. Sie war schnell genervt. Im Moment nervte sie, dass eine Zugbegleiterin – kaum älter als sie – seit einer geschlagenen Viertelstunde wenige Meter hinter ihr versuchte, mit regelmäßig wiederkehrendem Hämmern gegen die Tür einen Fahrgast aus der Toilettenkabine zu bekommen. Der zog sich bestimmt in Ruhe einen durch, oder er trieb andere Sachen. Es gab schließlich alle möglichen Leute …

Jetzt rauschte der Zugchef an ihr vorbei, der das Problem hoffentlich bald lösen würde. Chloé hoffte auf ein paar ruhige Minuten, ehe sie ihren neuen Job antreten würde.

Der Zugchef klopfte, keine Reaktion. »Monsieur, ist alles in Ordnung bei Ihnen?«

»Er antwortet nicht.« Die junge Zugbegleiterin gab sich ratlos.

»Seit wann ist er da drin?«

»Seit über einer Stunde.«

Chloé stöhnte leise, drehte dennoch den Kopf und fragte den Zugchef: »Was ist hier los?«

»Madame, wir haben alles im Griff.«

»Ich kann vielleicht helfen.«

»Ich sagte doch, wir haben alles im Griff«, entfuhr es dem Bahnbeamten in schroffem Ton. Er schien ganz und gar nicht begeistert von der Einmischung.

Da half nur Autorität. Chloé zog ihren neuen Dienstausweis.

»Sieht aber nicht so aus«, sagte sie keck, um der Unfreundlichkeit des SNCF-Beamten etwas entgegenzusetzen.

Sofort änderte der Zugchef sein Auftreten.

Na also, geht doch!

»Wir sind etwas nervös. Offenbar hat sich ein Fahrgast auf der Toilette verbarrikadiert.«

»Und er reagiert nicht«, ergänzte die Zugbegleiterin.

Im Thalys auf der Toilette verbarrikadiert. Chloés Bulleninstinkt schlug Alarm.

»Wissen Sie, wie lange er ungefähr schon da drin ist?«

Die Zugbegleiterin überlegte einen Moment. »Kurz nach der Abfahrt aus Brüssel ist er aufgestanden. Der Mann sah nicht gut aus.«

»Er sah nicht gut aus?«

»Ziemlich grau, und er hat geschwitzt. Wahrscheinlich die Grippe, die gerade umgeht.«

Männliche Person, sah nicht gut aus. Im Thalys auf der Toilette verbarrikadiert.

»Wie sind die Vorschriften in so einem Fall?«

»Sollte es sich um einen Notfall handeln, müssen wir öffnen«, antwortete der Beamte.

Da gab es nichts zu überlegen. »Dann ist es ein Notfall.«

»Aber, Madame ...«

»Los, öffnen!«, befahl sie.

Er fackelte nicht lange, zog den Generalschlüssel und öffnete die Zugtoilette.

»O Gott!« Die junge Zugbegleiterin hielt sich die Hand vor den Mund und drehte sich weg.

Wohnung Tinus Geving
Oranjebuitensingel 10
Den Haag
17:42 Uhr

»Um Himmels willen, wie lange wohnst du hier jetzt schon? Mal an Inneneinrichtung gedacht? Dir fehlt die Frau im Haushalt, ganz eindeutig«, stellte Piet Veenstra völlig entgeistert fest.

Tinus Geving, seines Zeichens deutscher Kriminalhauptkommissar, mochte seinen niederländischen Kollegen. Beide waren vor etwa zwei Jahren zu Europol gestoßen und bildeten seitdem ein Dream-Team. Besonders schätzte Geving an seinem Kollegen dessen unendliche Gelassenheit sowie seinen Humor. In einem Punkt jedoch verstand Piet keinen Spaß. Niederländer bevorzugten eine moderne, geschmackvolle Inneneinrichtung.

Geving bewohnte eine Dreizimmerwohnung in Voorhout, einem Viertel, gelegen im traditionellen, äußerst angesagten Haager Stadtzentrum. Es war nur einen kurzen Fußmarsch vom Bahnhof, dafür fünf Kilometer vom neuen Hauptquartier entfernt.

Noch etwas störte Piet scheinbar. Er betrachtete es mit einem Anflug von Abscheu. »Trotzdem hast du es geschafft, diese scheußlichen Staubfänger aufzuhängen.«

»›Gardinen‹ nennt man das«, konterte Geving.

»Gardinen.« Piet schüttelte verständnislos den Kopf. »Was habt ihr Deutschen nur mit euren … Gardinen?«

»Ohne fühle ich mich beobachtet, irgendwie nackt.«

»Möchtest du wissen, warum wir so etwas nicht haben?«

»Eigentlich nicht, aber das hat dich noch nie davon abgehalten.«

»Ein guter Calvinist hat nichts zu verbergen.«

»Ich bin Deutscher, kein guter Calvinist.«

Geving schaute sich in seiner Wohnung um und seufzte. Er lebte aus Umzugskartons. Für mehr als ein Bett, einen Schreibtisch und eine Couch hatte es bisher nicht gereicht. Nicht mal eine Kaffeemaschine besaß er. Wozu auch? Geving hasste Kaffee, davon bekam er Magenbeschwerden und schlechte Laune. Er trank lieber Tee.

Geving würde über die Einrichtung nachdenken. Eines Tages. Aber sicher nicht heute. Und ganz bestimmt brauchte er keine Frau, dafür nahm ihn seine Arbeit zu sehr ein. Wobei es in letzter Zeit für die Abteilung O4: Counter Terrorism – Terrorismusabwehr und Finanzermittlungen nicht sonderlich viel zu tun gab. Es war ruhig. Zu ruhig für Gevings Geschmack. Allerdings rechtfertigte die Ruhe einen Tag fernab des Büros. So erledigten sie den spärlichen Papierkram in lockerer Atmosphäre.

»Apropos Frauen«, nahm Piet den Faden wieder auf. »Sollte unsere neue Kollegin nicht bald eintreffen?«

Die Abteilung bekam Nachwuchs. Chloé Lambert wechselte von der Pariser Kriminalpolizei zu Europol. Laurits Pedersen, Deputy Director des Operation

Department, hatte Geving und Piet dazu verdonnert, das Empfangskomitee zu spielen.

»Ja, so langsam sollte sie sich melden.«

Wie aufs Stichwort läutete sein Telefon. Es war tatsächlich Chloé Lambert. Er hörte eine ganze Weile lang zu, ohne zu unterbrechen. Piet runzelte schon die Stirn.

Schließlich bestätigte Geving: »Gut, wir kommen. Bleiben Sie, wo Sie sind.«

»Franzosen und Pünktlichkeit«, lästerte Piet.

Geving holte seinen Wagenschlüssel. »Wir fahren.«

»Tinus, bis zum Bahnhof sind es nur ein paar Minuten Fußweg.«

»Wir fahren nach Rotterdam.«

»Rotterdam?«

»Eine Leiche im Zug, Großalarm. Unsere neue Kollegin ist mittendrin statt nur dabei.«

Rotterdam Centraal Station
18:37 Uhr

Die Fahrt von Den Haag nach Rotterdam dauerte trotz gebotener Eile etwa vierzig Minuten. Tinus Geving und Piet Veenstra erreichten den Bahnhof bei Anbruch der Dunkelheit. In Anbetracht des sich ihnen darbietenden Bildes spiegelte Piets Miene eine Mischung aus Faszination und Fassungslosigkeit wider. Das gesamte Gelände war weiträumig abgesperrt.

Sie parkten den Wagen direkt auf dem Stationsplein – im absoluten Halteverbot. Wen sollte es stören? Schließlich war Großeinsatz.

Sie wollten sich dem Haupteingang nähern, als sie von einem streng dreinblickenden Polizisten mit abweisender Geste am Weitergehen gehindert wurden.

Geving und Piet zeigten ihre Europol-Dienstausweise vor, was den uniformierten Beamten nicht sonderlich zu beeindrucken schien. Erst sah er kritisch auf die Ausweise, danach noch kritischer in die Gesichter der Ausweisträger. Sie wurden von ihm in das neue Stationsgebäude eskortiert. Draußen sperrten Polizeikräfte ab, hier drinnen hatte die Armee das Sagen. Sanitäter in Schutzanzügen kümmerten sich um die unfreiwillig gestrandeten Passagiere des evakuierten Zugs in einer provisorischen Quarantänestation.

Der Polizist brachte sie direkt zu Gleis 1, an dem der Thalys in seinem eleganten bordeauxrot-grauen Farbkleid stand.

Sie wurden von einem jungen Inspektor der niederländischen Polizei in gelber Schutzbekleidung in Empfang genommen. Überhaupt konnte man die Zugehörigkeit aller Beteiligten an der Farbe ihrer Schutzausrüstung ausmachen: olivgrün für das Militär, gelb für Polizisten und Zivilbeamte.

»Sie sind die Herren von Europol, nehme ich an.«

»Sie nehmen richtig an«, bestätigte Geving.

»Ich bringe Sie zu Agent de Groot und Ihrer Kollegin.«

Tinus Geving benötigte nur einen kurzen Moment, um die Neue zu erkennen. Es gab Menschen, die ihre Umgebung durch schiere Präsenz in den Bann zogen. Zu ihnen gehörte Chloé Lambert, die angespannt neben dem Zug wartete. Die schulterlange Mähne war streng zu einem Pferdeschwanz nach hinten gebunden. Haare schwarz wie Ebenholz, Haut weiß wie Schnee, Lippen rot wie Blut. Stupsnase, elegant und natürlich geschwungene Brauen, noch eleganter geschwungene Wimpern. Schlank von Gestalt, nicht klein. *La blanche neige* – Schneewittchen, dachte Geving. Ein Blick in ihre mandelfarbenen Augen verriet, dass in dieser jungen Frau eine Menge ungebändigter Energie steckte. Ein durch und durch bemerkenswerter Auftritt, dabei hatte sie noch keinen Ton gesagt.

Sie kam ihm entgegen, reichte ihm die Rechte zur Begrüßung. Ihr Händedruck zeugte von Charakter.

»Lieutenant Chloé Lambert«, stellte sie sich in einer tiefen und tragenden Stimmlage vor, die Geving sofort aufhorchen ließ.

Rang und Name, mehr war nicht nötig gewesen. Geving besaß durchaus feine Antennen für Klang und Charakteristik der menschlichen Stimme. Lieutenant Lambert legte sehr viel Wert auf Betonung, was von Selbstbewusstsein zeugte. Und dennoch ... Ein leichtes Zittern bei der Erwähnung ihres Vornamens. Unsicherheit. Woher die wohl rühren mochte? Wie passte Unsicherheit zu ihrem ansonsten umwerfenden Erscheinungsbild? Nicht nur eine hübsche Französin, ein Mysterium noch dazu.

Er brauchte drei Sekunden, um sich wieder zu fangen.

»Kriminalhauptkommissar Tinus Geving und mein Kollege Agent Piet Veenstra.«

Piet reichte ihr die Hand und sagte anerkennend: »Mann, Mann, Mann! Sie legen ja einen ganz schönen Start hin.«

Zu dritt betraten sie den Waggon Nummer 27. Geving kannte das rote Interieur der Züge von einigen Dienstreisen.

»Was haben wir?«, fragte er an Chloé Lambert gewandt.

Sie hob zu einer Antwort an, wurde jedoch jäh unterbrochen. »Sieh einer an, die Kollegen von Europol! Sehr schön. Sammeln Sie Ihre hyperaktive Kollegin ein und schönen Abend noch.«

Neben Chloé Lambert war ein in die Jahre gekommener, etwas verwahrloster feister Kerl aufgetaucht. Er hatte eine deutlich angegraute ungeschnittene Lockenfrisur, fettiges Haar. Wie er da so neben der neuen Kollegin stand, wurde er in jeder Hinsicht von ihr deklassiert, fand Geving.

»Ich bin nicht hyperaktiv!«, verteidigte sich die Neue.

Geving blieb gelassen, reichte dem Mann die Hand. »Und Sie sind?«

Schlaffer Händedruck. »Nicht begeistert jedenfalls. Das ist unser Fall!«

»Demnach sind Sie Agent de Groot.«

»Sehr richtig«, blaffte er. »Thijs de Groot, Polizeibezirk Rotterdam.«

Geving setzte sein unterkühltes Lächeln auf – wie immer wenn ihm daran gelegen war, eine Situation nicht unnötig eskalieren zu lassen.

»Vielleicht hätten Sie trotzdem die Güte, uns ins Bild zu setzen.« Er wies auf die neue Kollegin. »Immerhin war Lieutenant Lambert unfreiwillig als Erste vor Ort.«

Sie grinste den unliebsamen Kollegen der Rotterdamer Polizei frech an. Er gab nach.

»Mitkommen«, grummelte er.

Sie folgten de Groot ans andere Ende des Waggons. Die Spurensicherung packte bereits zusammen. Vor einer Zugtoilette blieben sie stehen. Geving und Piet warfen einen Blick hinein: Mann mit sportlicher Statur, der Kopf war nach hinten gekippt, die Augen standen offen. Er hatte sich von oben bis unten vollgekotzt, Erbrochenes hing noch in den Mundwinkeln. Säuerlicher Gestank, der einem den Atem verschlug, erfüllte die enge Zugtoilette.

»Der hat es hinter sich«, stellte Piet in seiner üblichen sarkastischen Manier fest. Anderen mochte das unpassend erscheinen, aber Geving verstand, dass sein Kollege nur so mit dem Anblick von Leichen fertigwurde. »Was weiß man schon?«

Chloé Lambert wollte erneut antworten. Wieder kam ihr Agent de Groot zuvor. Sie schüttelte amüsiert den Kopf, er beachtete sie gar nicht.

»Männlich, dreiundvierzig Jahre alt, offensichtlich tot.«

»Wirklich?«, entfuhr es Geving zynisch.

Die Gerichtsmedizinerin – eine etwa fünfzig Jahre alte Frau – rettete die Situation.

»Lieke Brouwer«, stellte sie sich vor. »Der Mann ist an einem Herzinfarkt gestorben.«

»Wozu dann der Aufriss?«, fragte Piet, wobei er auf die Umstehenden in Schutzkleidung verwies.

»Wir konnten eine ernsthafte pandemische Erkrankung des Toten nicht von vornherein ausschließen ...«

»... oder einen Anschlag mit biologischen Kampfstoffen«, beendete Geving den Satz.

»Standardvorkehrung«, erklärte de Groot selbstzufrieden.

»Die Zugbegleiterin beschrieb die gräulich fahle Gesichtsfärbung des Mannes und starkes Schwitzen.« Diesmal war Chloé Lambert schneller als der lästige Niederländer.

De Groot ignorierte sie weiter und erzählte noch einmal genau das Gleiche, als änderte sich dadurch irgendetwas am Wahrheitsgehalt.

»Ich kann Entwarnung geben«, beschied die Gerichtsmedizinerin. »Ein simpler Myokardinfarkt. Der Mann ist allerhöchstens seit vier Stunden tot, die Totenstarre ist noch nicht besonders weit fortgeschritten. Lediglich Lider und Kaumuskel.«

»Warum ...?« Geving zeigte auf das Erbrochene.

»Übelkeit ist durchaus ein Symptom.«

De Groot schob sich in den Weg und sah die Unterhaltung offenbar als beendet an. »Wenn das alles ist, können Sie jetzt verschwinden.«

Ein weiterer Mann trat hinzu, ebenfalls ohne Schutzbekleidung. Dafür gedeckte Garderobe, kurzes graues Haar. »Was denn, noch mehr Polizei?«

»Die Herren wollten gerade gehen«, sagte de Groot.

Der Mann, der sich als Esteban Arguetellier, Repräsentant der Bahngesellschaft in Rotterdam, vorstellte, wagte keinen Blick in Richtung des Toten. »Der dritte schwerwiegende Zwischenfall innerhalb eines Jahres. Ein gefundenes Fressen für die Presse.«

»Wo sind denn Ihre Zugbegleiter?«, fragte Geving möglichst sensibel.

»In Behandlung, die stehen total unter Schock.«

Chloé Lambert schaltete sich wieder ein. »Was der Kollege verschweigt ...« Sie reichte Geving Ausweispapiere, wobei sie de Groot vernichtende Blicke zuwarf.

Er studierte das Dokument. »Erik-Sondre Bondevik ...«

»... war norwegischer Staatsanwalt«, bestätigte sie.

Piet pfiff leise.

»Also Ihr Fall, wie?« Geving betrachtete de Groot eisig. Er bemühte sich nicht länger um Freundlichkeit.

De Groot winkte ab. »Mensch, der Typ ist auf dem Klo verreckt. Nichts weiter!«

Geving interessierte sich nicht für de Groots Ausflüchte. Seine Aufmerksamkeit galt dem Thalys-Repräsentanten. »Monsieur Arguetellier, wo saß der Tote zuvor?«

Arguetellier führte ihn zu einem nahe gelegenen Platz, Chloé Lambert und Piet folgten ihnen. »Nummer fünfundachtzig, Fensterplatz.«

»Und der Platz neben ihm?«

»Unbesetzt. Der Zug war nicht voll ausgebucht.«

»Wohin wollte er?«, fragte Geving weiter.

»Er hatte bis Amsterdam gebucht.«

»Von Paris?«

»Ja.«

»Hm«, Geving strich sich nachdenklich übers Kinn, »merkwürdig.«

Piet beugte sich zu ihm. »Vermuten wir da was?«, fragte er gedämpft.

Geving und Chloé Lambert sahen sich kurz an, er antwortete: »Nur ein Bauchgefühl. Norwegischer Staatsanwalt, sportliches Aussehen, was auf gesunden Lebenswandel schließen lässt.«

»So einer stirbt nicht einfach an einem Herzinfarkt«, schloss die junge Französin.

»So ein Blödsinn!« Thijs de Groot war sichtlich genervt.

Geving hatte ihn schon ganz vergessen.

»Ausschließen können Sie es zum jetzigen Zeitpunkt nicht«, sagte er knapp. Er wandte sich an die

Gerichtsmedizinerin: »Ist es möglich, dass der Herzinfarkt durch Fremdeinwirkung herbeigeführt wurde?«

»Eine Vergiftung? Möglich«, bejahte Lieke Brouwer. »Das Essen vielleicht.«

Chloé Lambert kam ein weiterer Gedanke. »Oder ein Kontaktgift.«

»Herrschaften, es reicht!«, meldete sich de Groot wieder zu Wort, doch alle ignorierten ihn.

»Auch eine Möglichkeit«, gestand Geving. »Ab wann ging es Bondevik nicht gut?«

»Laut Zugbegleiterin ab Brüssel«, informierte ihn die neue Kollegin.

»Hält der Zug zwischen Brüssel und Rotterdam?«

»Ja, in Antwerpen«, bestätigte Esteban Arguetellier. »Der Zug wird zuvor in Brüssel geteilt. Der erste Zugteil fährt nach Deutschland, Essen via Köln. Und dieser Zugteil über Antwerpen und Rotterdam nach Amsterdam.«

»Der mutmaßliche Täter – so es einen gibt – könnte also in Brüssel oder Deutschland sein«, sagte Piet.

Die Diskussion wuchs sich langsam zu einem kollektiven Brainstorming aus, wie Geving mit Gefallen feststellte. Dennoch war er von der These seines Kollegen nicht ganz überzeugt.

»Lambert, wenn Sie der Täter wären, was würden Sie tun?«, fragte er.

»Ich wäre wahrscheinlich gar nicht in den Zug gestiegen, sondern in Paris geblieben. Schließlich vermutet mich dort niemand.«

Sie wurden abermals von Thijs de Groot unterbrochen. »Ich sage es zum allerletzten Mal: Raus hier! Mit

Ihren Hirngespinsten behindern Sie unsere Ermittlungen.«

Geving lachte. »*Ihre* Ermittlungen?«

De Groot lief rot an.

Vorsichtig schob sich Piet dazwischen. »Tinus, ist das so klug, den Kollegen hier die Butter vom Brot zu nehmen?«

Geving beantwortete die mahnenden Worte mit einer weiteren Frage an Chloé Lambert. »Lieutenant, wie lange war unser Staatsanwalt Ihrer Meinung nach schon tot?«

»Etwa eine Stunde. Der Zug erreichte Rotterdam um fünf Uhr zwei nachmittags, pünktlich auf die Minute.«

»Antwerpen hat er um halb vier verlassen«, ergänzte Arguetellier.

»Er wurde seit Brüssel nicht mehr gesehen?«, fragte Geving weiter.

»Das hat zumindest die Zugbegleiterin gesagt. Dort war Abfahrt um drei Uhr zweiundfünfzig.«

»Dann ist Bondevik eindeutig auf belgischem Staatsgebiet verstorben. Veranlassen Sie umgehend die Obduktion«, ordnete Geving an, bestätigt durch ein Kopfnicken von Lieke Brouwer.

Thijs de Groot schnaufte. »Woher nehmen Sie das Recht, jetzt hier die Anweisungen zu erteilen?«

»Ich fasse es mal für Sie zusammen: Norwegischer Staatsanwalt stirbt auf belgischem Boden an Bord eines internationalen Schnellzugs einen plötzlichen Herztod. Der Tod wurde in den Niederlanden festgestellt. Ich weiß nicht, wie Sie persönlich es handhaben. Bevor man den natürlichen Tod bestätigt, schließt man den unnatürlichen Tod aus. Wir nehmen uns nicht das Recht, wir *haben* es.«

»Ich werde meine Vorgesetzten informieren, das ist frech!«

»Tun Sie, was Sie nicht lassen können, und blamieren Sie sich. Währenddessen gehen wir an die Arbeit.« An seine beiden Kollegen gewandt sagte er: »Wollen wir?«

Piet machte eine ironisch unterwürfige Geste. »Nach Ihnen, Herr Kriminalhauptkommissar.«

Auf dem Bahnsteig atmete Geving tief durch. »Lieutenant, Sie sollen bei uns arbeiten. Niemand hat verlangt, dass Sie sich Arbeit mitbringen.«

Chloé Lambert zuckte mit den Schultern. »Da ist es wieder, das verdammte Berufsrisiko.«

Europol-Hauptquartier
Eisenhowerlaan 73
Den Haag
20:53 Uhr

Der Tag hatte einen anderen Verlauf genommen als geplant. Immerhin hatte man sich gemeinsam mit Thijs de Groot darauf verständigen können, den Vorfall in der Öffentlichkeit herunterzuspielen. Die Medien würden nun von einer »groß angelegten Antiterrorübung, die einen Angriff mit biochemischen Kampfstoffen fingierte«, sprechen. Aus ermittlungstaktischen Gründen schien es nicht sinnvoll, den toten norwegischen Staatsanwalt zu erwähnen. Wer wusste, was noch kommen mochte? Die gestrandeten Passagiere mussten durch das Militär von dieser Version der Geschichte nicht lange überzeugt werden. Man ließ sie nicht eher gehen, bis sie eine Schweigevereinbarung unterzeichnet hatten.

Dennoch war der Revierkampf mit der niederländischen Polizei um Zuständigkeiten nicht von der Hand zu weisen. Ein Revierkampf, der Folgen haben sollte. Geving und Piet wollten ihre neue Kollegin gerade im Hauptquartier herumführen, da bekam er auch schon den befürchteten Anruf. Geving musste hoch zum Chef.

»Na, dann werde ich mal die Länge, Breite und Tiefe des Dolchs messen, den man mir in den Rücken jagen wird«, sagte er stöhnend an seine Kollegen gewandt.

»Wir verfassen schon mal deinen Nachruf«, scherzte Piet.

Laurits Pedersen war in den späten Vierzigern. Hohe Stirn, Geheimratsecken. In das Blond seines sauber zurückgekämmten gescheitelten Haars mischte sich das erste Grau. Schmale Lippen, kantiges Kinn, sehniger Hals, von hünenhafter Statur. Der Deputy Director strahlte eine natürliche Autorität aus, sodass er den Chef nicht besonders oft raushängen lassen musste. Pedersen ließ seinen Mitarbeitern freie Hand, mischte sich selten ein. Er führte so viel wie nötig und so wenig wie möglich. Als ehemaliger Leiter der dänischen Kriminalpolizei und Chef des dänischen Inlandsgeheimdienstes PET verfügte er über eine eindrucksvolle Biografie, gepaart mit enormer Sachkenntnis. Es war nur eine Frage der Zeit, bis ihm der Direktorenposten angeboten würde.

Geving schätzte seinen Chef, obwohl er ihn kaum kannte. Denn Pedersen war erst seit drei Monaten stellvertretender Direktor bei Europol. Noch konnte er nicht sagen, ob die Wertschätzung auf Gegenseitigkeit beruhte. Heute würde Pedersen ihn seine Autorität spüren lassen, das hatte er im Gefühl.

Geving wurde von Pedersens mitleidig dreinblickender Büroleiterin Pernille Holst aus seinen Gedanken gerissen. »Gehen Sie rein, man wartet schon auf Sie.«

Er klopfte an und öffnete die Tür, ohne eine Antwort abzuwarten.

Seine Vorahnungen bestätigten sich. Adriaen Mulder, Korpschef der niederländischen Polizei, ging in Pedersens Büro auf und ab und veranstaltete ein Himmeldonnerwetter. Thijs de Groot hatte seiner Drohung Taten folgen lassen.

»Ah, Geving, schön, dass Sie da sind«, begrüßte ihn der Deputy Director betont leutselig.

»Der Mann der Stunde«, bemerkte Mulder nicht ganz so leutselig. Zu Pedersen sagte er: »Jetzt legen Sie Ihren Mann gefälligst an die Kette!«

Der Däne verschränkte die Hände und lehnte sich in seinem Bürosessel entspannt zurück. »Das werde ich nicht tun. Sie kennen die europäischen Kooperationsvereinbarungen genauso gut wie ich. Ich muss Sie nicht daran erinnern, dass unsere Behörde in Fällen mit grenzüberschreitender Dimension federführend ist. Der Fall Bondevik hat grenzüberschreitende Dimension.«

»Was zu beweisen wäre«, brummte Mulder.

»In der Tat. Bis zum Beweis des Gegenteils ist es unser Fall. Seien Sie froh, dass wir Ihnen die öffentliche Blamage erspart haben.«

»Das entschuldigt nicht das Auftreten Ihrer Leute!« Mulder funkelte Geving böse an.

Pedersen lächelte. »Ich meine, es war Ihr Agent de Groot, der sich unangemessen gegenüber unserer neuen Kollegin verhalten hat. Wenn jemand eine Entschuldigung verdient hat, dann sie.«

Geving nickte. Er konnte das so bestätigen.

Der Korpschef wollte schon aus dem Raum stürmen, blieb jedoch an der Tür stehen und drehte sich zum Deputy Director um. »Vermasseln Sie es nicht. Wäre schade, wenn es an Ihrer Karriere hängen bliebe.« Damit schlug er die Tür hinter sich zu.

Laurits Pedersen war von Mulders Abgang nicht sonderlich beeindruckt, zumindest zeigte er keine Emotion. »Der Gute hat nicht verkraftet, dass ich auf dem Stuhl sitze, den er sich in Gedanken schon angewärmt hatte. Jetzt wird er bald zwangspensioniert, sollte es zu einem Regierungswechsel kommen.«

Tinus Geving interessierte sich nicht für Politik. Eines aber wusste er. »Veenstra hält das für unwahrscheinlich.«

»Man wird ja wohl noch hoffen dürfen.« Pedersen lachte trocken. »Doch das ist es nicht, worüber ich mit Ihnen sprechen wollte.« Er wies Geving, der immer noch stand, einen Platz vor seinem Schreibtisch zu und überflog den Zwischenbericht, bevor er fortfuhr. »Sie haben ziemlich viel Staub aufgewirbelt, mein Lieber.«

»Sie haben es selbst gesagt: Wie de Groot mit Lieutenant Lambert umgesprungen ist …«

Laurits Pedersen ließ ihn nicht ausreden. »Verstecken Sie sich nicht hinter Ihrer Kollegin, Geving. Sie hätten das besser managen müssen. Natürlich waren Sie im Recht, dieser Fall gehört erst mal uns. Sie persönlich haben ihn sich jedoch unter den Nagel gerissen.«

»Was hätte ich sonst tun sollen?«

»Haben Sie auch nur einen Moment darüber nachgedacht, Ihre Kollegen in der Abteilung Wirtschaftskriminalität und organisiertes Verbrechen ins Boot zu holen? Da gehört er nach allem, was ich erfahren habe, nämlich hin.« Pedersen musste nicht die Stimme erheben, um dem Ernst der Lage Nachdruck zu verleihen, er blieb betont sachlich. Vom Gemüt unterschieden sich der Däne und der Westfale nicht so sehr. »Allerdings kann ich Sie nicht tadeln, ohne Sie gleichzeitig zu loben. Ihr Umgang mit der Presse war ein Meisterstück! Es besteht kein Anlass, die Bevölkerung unnötig zu beunruhigen. Nicht vor den Wahlen.«

Da war es wieder. Politik ... Was er als ermittlungstaktische Notwendigkeit betrachtete, betrachtete der Deputy Director als geschickten Schachzug. Tinus Geving pflegte seine Ermittlungen stets so direkt, zielgerichtet und deutlich zu führen, wie er es für notwendig erachtete. Als Beamter nahm er keine Rücksicht auf irgendwelche Befindlichkeiten. Er gestand sich jedoch ein, dass von einem Mann in Pedersens Position deutlich mehr Geschmeidigkeit erwartet wurde.

Geving überging die kleine Standpauke erst einmal.

»Was haben Sie noch in Erfahrung bringen können?«, fragte er.

»Erik-Sondre Bondevik war nur noch auf dem Papier bei der norwegischen Anklagebehörde beschäftigt. Tatsächlich arbeitete er als Sonderermittler für Økokrim. Das ist die zentrale Behörde Norwegens zur Ermittlung und Strafverfolgung von Wirtschafts- und Umweltdelikten, falls Sie sich fragen. Und das macht hoffentlich auch Ihnen deutlich, warum der Fall bei den Kollegen besser aufgehoben wäre.«

»Hm, ja, da könnten Sie recht haben.« Geving gab sich zerknirscht. »Aber was nun? Die Abteilung Wirtschaftskriminalität und organisiertes Verbrechen wird um ein Problem nicht herumkommen – Norwegen liegt außerhalb unserer Zuständigkeit.«

»Die Verbindungsbeamten wurden informiert. Ich habe mich darum gekümmert.«

»Wie haben Sie das in so kurzer Zeit geschafft?« Geving war verblüfft.

Pedersen schmunzelte. »Sie vergessen meine Position. Aber genug davon. Die sind zur Zusammenarbeit mit uns bereit, wenn – und ich betone wenn – wir ihnen nicht auf die Füße treten.«

»Sie glauben also auch, dass da was dran sein könnte?«

Wieder lachte der Deputy Director sein trockenes Lachen. »Ich glaube, dass Sie und Ihre Kollegin Lambert den gleichen Hang zur Deduktion haben. Wie sagen Sie doch immer ...? Ich werde es nie lernen.«

Geving zuckte zusammen. Hatte ihn sein Vorgesetzter derart schnell durchschauen können? Dennoch half er bereitwillig aus.

»Wenn man das Unmögliche ausgeschlossen hat, muss das, was übrig bleibt, die Wahrheit sein, so unwahrscheinlich sie auch klingen mag.«

»Wie schön.« Laurits Pedersen richtete sich auf. »Da Sie nun schon mit dieser Sache befasst sind, sehe ich kaum eine andere Möglichkeit, als Sie weitermachen zu lassen. Mal sehen, wie ich das begründe, ohne dass Ihre Kollegen mir an die Gurgel springen. Sie werden jedenfalls morgen bei der Leichenschau zugegen sein. Und nehmen Sie Frau Lambert mit. Das sollte Ihnen die Gelegenheit geben, Ihre Differenzen mit Agent de Groot ad acta zu legen.«

»Wir werden unser Bestes geben«, versicherte Geving.

»Nicht weniger als das erwarte ich von Ihnen. Ich hoffe, dass Sie um den diplomatischen Porzellanladen einen großen Bogen machen.«

Tinus Geving verabschiedete sich mit einem angedeuteten Kopfnicken und wollte Pedersens Büro verlassen.

»Ach, und Geving«, sagte er völlig ruhig, »diesmal lasse ich Ihnen Ihre Eigenmächtigkeit durchgehen. Verlassen Sie sich nicht darauf, dass ich noch einmal den menschlichen Schutzschild für Sie spielen werde. Anderenfalls muss ich darüber nachdenken, Adriaen Mulder Ihren Kopf als Trophäe zu präsentieren. Das wäre alles.«

Sichere Wohnung des DGSE
Aubervilliers
22:15 Uhr

Ein Agent war gut beraten, sich bei der Wahl konspirativer Wohnungen davon leiten zu lassen, dass sie im Fall von Enttarnung oder feindlicher Attacke mehrfache Rückzugsmöglichkeiten boten. Vorzugsweise in anonym wirkenden Häusern mit vielen Mietparteien und regem Publikumsverkehr. Die richtige Wahl entsprang aber ebenso psychologischer Notwendigkeit. Der Agent musste sich sicher fühlen, nur so konnte er seine operativen Aufgaben effizient erledigen.

Hier fühlte er sich sicher. Er, den man in informierten Kreisen mit Furcht nur den »Kuckuck« nannte. Hier, in einer Sozialwohnung mit Blick auf den Tour La Villette. Auf der anderen Seite.

Jenseits des Périph, dem Autobahnring, der die Grenze zwischen den Lebenslügen der Republik – Freiheit, Gleichheit, Brüderlichkeit – und der elenden Realität bildete. So sah er es.

Jenseits des Périph, auf der anderen Seite der Armutsgrenze. Hier, inmitten von hoher Arbeitslosigkeit, städtischer Verwahrlosung, chronischen Unruhen und kollektiver Gewalt herrschte nur ein Gesetz: das des Stärkeren. Das Gesetz von Drogen, Gangs und Getto. Es erinnerte ihn an seine eigene Herkunft, seine spätere Radikalisierung. Hier hatte der DGSE, die Direction Générale de la Sécurité Extérieure, ihn rekrutiert, eher zur Mitarbeit erpresst. Hier herrschte ehrliche Klarheit. Hier konnte er klar denken, befreit aufatmen von der erdrückenden Lebenslüge, die er endlos lange zu vertreten gehabt hatte.

Und er musste Klarheit gewinnen. Der Kuckuck hatte die Berichte aus Rotterdam gesehen. Er wusste, dass seine Aktion nicht unentdeckt bleiben würde. Einer der wenigen Fehlschläge in seiner Karriere, seiner Profession. Der größte Fehlschlag nach jenem, der sein doppeltes Spiel damals offenbart und ihn in die Illegalität gezwungen hatte.

Europol war an ihm dran, ob er wollte oder nicht. Sie mochten es noch nicht realisiert haben, er hingegen schon. Denn sie steckten hinter der gezielten Desinformation. Die Berichte verrieten ihm dennoch, was er dringend wissen musste. Chloé Lambert agierte nicht länger allein, sie hatte einen mächtigen Verbündeten. Dieser konnte sich den Kameraobjektiven zu entziehen suchen, wie er wollte, es gelang ihm nicht. Tinus Geving.

Sein fotografisches Gedächtnis erlaubte ihm, auch diese Informationen schnell aufzurufen. Informationen über den Kriminalhauptkommissar mit dem merkwürdig deutschen Pflichtbewusstsein. Ein würdiger Gegner, sollte es darauf ankommen. Geving war für seine Rücksichtslosigkeit bekannt. Davor hatte der Kuckuck Respekt.

Noch etwas hätte er als Agent gelernt, wenn er diese schmerzhafte Lektion nicht vorher bereits beherrscht hätte: Vertraue niemandem! Natürlich traute er Geving nicht. Noch weniger traute er allerdings dem General und dessen Handlangern, die Positionen vertraten, die er nie hätte unterstützen können. Nie hätte unterstützen dürfen. Für diese Nachlässigkeit – er ging so weit, es als Pflichtvergessenheit zu brandmarken – würde er einen Preis zahlen. Dem General konnte der Ausgang der Operation nicht entgangen sein. Der Untergang eines Profis, sein Untergang, war besiegelt.

Hier, in dieser ihm wohlvertrauten Umgebung, musste er Klarheit gewinnen. Der Kuckuck musste sich absichern.

***Montag, 4. März
A12 in Den Haag
08:34 Uhr***

Tinus Geving hatte die Nacht über kein Auge zugetan. Er war nicht etwa angespannt. Ihn beschäftigten auch nicht die Scherereien mit der niederländischen Polizei, die waren ihm herzlich egal. Der aus seiner Sicht reichlich ominöse Tod des norwegischen Sonderermittlers

Erik-Sondre Bondevik bereitete ihm Kopfzerbrechen. Seiner Kollegin Chloé Lambert, die sich zu dieser frühen Stunde bei ihm eingefunden hatte, war es von Anfang an genauso gegangen. Sie hatten nur eine kurze Autofahrt vor sich. Trotzdem Zeit genug für ihn, den Neuzugang etwas besser kennenzulernen.

»Wie hat man Sie untergebracht?«, erkundigte er sich.

»Fürs Erste ist's okay.« Sie bewohnte ein möbliertes Souterrainapartment, nur wenige Minuten fußläufig von Gevings eigener Adresse entfernt. Europol war auf kurzfristige Wechsel seiner Mitarbeiter eingestellt und hielt dementsprechend engen Kontakt zu ortsansässigen Vermietern. »Sobald ich Zeit habe, suche ich mir was Eigenes.«

»Viel Glück damit, die niederländischen Immobilienpreise sind absurd.«

»Ich verlasse mich ganz auf kollegiale Hilfe«, scherzte sie.

Geving winkte ab. »Oh, ob ich eine große Hilfe bin ...« Aus einem unbestimmten Grund ertappte er sich beim Gedanken an die Gardinen in seiner Bleibe. »Bisher habe ich es nicht einmal geschafft, mich um meine eigene Wohnung zu kümmern.«

»So viel Arbeit?«

»Liegt wohl mehr an mir.«

Geving versuchte krampfhaft, sich auf die Gardinen in seiner Wohnung zu konzentrieren, sich auf überhaupt irgendetwas zu konzentrieren. Vielleicht sollte er sich besser auf die Straße konzentrieren. Der Klang ihrer Stimme ... Und dieses Parfüm. Was war es? Lavendel und Granatapfel? Die Unterhaltung geriet ins

Stocken, er musste den Gesprächsfaden schnell wieder aufnehmen.

»Veenstra kann aber auf jeden Fall was Hübsches für Sie finden, etwas Erschwingliches.«

Er wusste, dass man mit ihrem Gehalt keine großen Sprünge machen konnte. Womit er wieder bei ihr war …

Sie musste lachen. Dabei bildete sich ein Grübchen auf ihrer linken Wange. Wirklich zauberhaft, es stand ihr gut. Irgendetwas beschäftigte sie allerdings. Chloé Lambert hatte diesen ernsten Blick. Und erneut geriet die Unterhaltung ins Stocken.

»Ganz schöner Start, den Sie da hingelegt haben, Lieutenant.«

»Ich hoffe, Sie hatten meinetwegen keinen Ärger.«

Geving dachte an das Gespräch mit Laurits Pedersen zurück. Die mahnenden Worte des Deputy Director empfand er im Nachhinein als Drohung. Nichts, womit sie sich ihren Kopf an ihrem ersten regulären Arbeitstag zerbrechen sollte.

»Ärger haben wir fast immer. Wir werden wie Eindringlinge behandelt, dabei sollte es umgekehrt sein. Die Polizeibehörden der Mitgliedstaaten haben mit *uns* zu kooperieren. Erklären Sie das mal Leuten wie de Groot.«

Ihr Lächeln verflog. »Kenne ich irgendwoher. War bei uns nicht anders.«

»Wie alt sind Sie, wenn ich so uncharmant fragen darf?«

»Siebenundzwanzig. Spielt das eine Rolle?«

»Keineswegs. Wir bekommen nur nicht jeden Tag so jungen Nachwuchs.«

Chloé Lamberts Blick, ohnehin schon ernst und streng, verfinsterte sich. »Die letzte Gelegenheit, überhaupt noch etwas zu werden.«

Mit dieser Bemerkung hatte sie Gevings ungeteilte Aufmerksamkeit. »Was meinen Sie?«

Sie senkte den Kopf, nestelte an ihrer Armbanduhr, schien mit sich zu ringen. Dabei machte er eine weitere Entdeckung. Ihre Uhr trug sie am rechten Handgelenk, wahrscheinlich, damit sie beim Schreiben nicht störte. Chloé Lambert war Linkshänderin. Schließlich atmete sie tief durch und begann zu erzählen. Er war völlig überrascht von so viel Offenheit. Sie gestand, dass sie mit ihrer Entscheidung unsicher war, berichtete von ihrem Vater, der Richter war und nicht glücklich mit ihrem Karriereweg, was wiederum sie todunglücklich machte. Welche Enttäuschung sie in seinen Augen war. Ihr Gesicht wurde traurig. Mit noch mehr Verbitterung schilderte sie ihm ihr Schattendasein bei der Pariser Kriminalpolizei. Erzählte von vorgestanzten Karrieren. Dass die entscheidenden Posten jenen vorbehalten waren, die den richtigen Abschluss und das richtige Parteibuch hatten. Sie offenbarte, wie einsam sie sich in einer Welt gefühlt hatte, in der niemand auf eine Außenstehende aus Bordeaux gewartet hatte, auf eine Frau und Straßenpolizistin. Das leichte Zittern in ihrer Stimme kehrte zurück. Ihr Blick wanderte hinaus aus dem Autofenster in die verregnete Ferne.

»Europol wäre nicht meine erste Wahl gewesen, hätte ich auch nur den Hauch einer Chance gehabt«, beichtete sie ihm am Ende.

Unangenehmes Schweigen.

Wie darauf reagieren? Wie die richtigen Worte finden? Gab es überhaupt eine angemessene Würdigung für ihr Dilemma? Geving war in solchen Dingen schlecht. Dazu müsste er eigene Emotionen zulassen. Eine zu große Hemmschwelle hinderte ihn daran. Immerhin versuchte er sich an einer Aufmunterung.

»Sehen Sie es mal so, als Europol-Ermittlerin müssen Ihre ehemaligen Kollegen jetzt nach Ihrer Pfeife tanzen.«

Da war es wieder, ihr zauberhaftes Lächeln. Dieses leicht schiefe Lächeln ... Möglicherweise amüsierte sie sich auch nur über seinen hölzernen Aufmunterungsversuch.

»Dann war meine Entscheidung doch goldrichtig!«

Ihre Blicke, das schnelle Hin-und-her-Wandern ihrer mandelfarbenen Augen, verrieten sie. Sie hatte ihm nicht alles erzählt. Wozu auch? Sie kannten sich nicht einmal einen halben Tag. Jeder hatte seine Gründe, der heimatlichen Enge zu entkommen. Tinus Geving zumindest hatte die seinen.

08:51 Uhr

»Sie wollten mit mir sprechen? Machen Sie es kurz.«

»Das Ganze gerät außer Kontrolle!«

»Finden Sie?«

»Die Europäer sind jetzt an der Sache dran.«

»Na, und wenn schon? Es lässt sich nichts zurückverfolgen.«

»Noch nicht.«

»Der Mann war Ihre Wahl, und alles lief wie am Schnürchen.«

»Tatsächlich wurde er uns von unseren französischen Mitstreitern auf das Wärmste empfohlen. Aber dass er bis zum letzten Moment warten musste ...«

»So wie ich es verstanden habe, hatte er keine andere Zugriffsmöglichkeit.«

»Damit hat er uns Europol auf den Hals gehetzt!«

»Darüber mache ich mir keine Sorgen. Wir zeigen denen, was sie sehen sollen.«

»Und wie stellen wir das an?«

»Je weniger Sie wissen, desto besser. Halten Sie nur Ihren Mann unter Kontrolle.«

»Jawohl, Herr General.«

Nederlands Forensisch Instituut
Laan van Ypenburg 6
Den Haag
09:00 Uhr

Das Nederlands Forensisch Instituut, kurz NFI, lag ziemlich genau auf der Grenze zwischen den Gemeinden Ypenburg und Rijswijk, inmitten der riesigen Agglomeration, bei der man nicht sagen konnte, wo Den Haag aufhörte und Delft begann. Tinus Geving konnte es immer noch nicht auseinanderhalten, obwohl er aus dem Ruhrgebiet Ähnliches gewohnt war.

Im NFI, das direkt dem Niederländischen Ministerium für Sicherheit und Justiz unterstand, wurde der größte Teil der anfallenden forensischen Untersuchungen in Straffällen durchgeführt. Erik-Sondre Bondeviks Leichnam bildete da keine Ausnahme.

Im Empfangsbereich des funktional nüchternen Neubaus trafen sie auf den Verbindungsbeamten der norwegischen Polizei. Olaf Bergnaar Svartkamp war wenige Minuten vor ihnen eingetroffen. Der durchtrainierte Polizeibeamte Mitte dreißig machte einen skandinavisch kühlen, wortkargen Eindruck, der durch seinen Kurzhaarschnitt und den nicht unmodischen Dreitagebart verstärkt wurde. Die blaugrauen Augen beobachteten messerscharf. Der Habitus eines Ex-Militärs, still und effizient.

Diplomatisch freundlich würdigte er die Kooperation mit seinen Europol-Kollegen. »Im Namen meiner Regierung bin ich Ihnen zu Dank verpflichtet. Ihr schnelles Vorgehen hat uns jede Menge Scherereien erspart.« Die Stimme war ein eindrucksvoller rauer Bass. Womöglich hatte er wirklich gedient.

Geving hielt sich nicht mit langen Vorreden auf. »Die Niederländer sehen es bisher leider anders.«

»Der Fall sorgt für gewisse Verwicklungen.« Er wägte seine Worte offenbar genau ab.

»Ich vermute, dass Sie es nicht auf die leichte Schulter nehmen, wenn Ihre Regierung involviert ist.«

Svartkamp machte Anstalten zu gehen. »Wir besprechen das an einem passenderen Ort, denke ich. Vorher bringen wir das hier schnellstmöglich hinter uns.«

Der Verbindungsbeamte war hundertprozentig bei der Sache. Geving schätzte diese Einstellung.

In einem der kleineren Sektionssäle wurden sie von der Gerichtsmedizinerin Lieke Brouwer sowie von dem unvermeidlichen Thijs de Groot erwartet. Die Ärztin sah übernächtigt aus, was der äußerst kurzfristig angesetzten Untersuchung zuzurechnen war, schließlich drängten Zeit und Leichenstarre.

Agent de Groot, der vermutlich eine Nachtschicht der anderen Art hinter sich hatte, wirkte wie am vorherigen Tag ungepflegt und verlebt. Geving kannte diese Sorte Mensch: im Dienst resigniert, was man ihm nicht unbedingt verübeln konnte. Jeder ging anders damit um, alles eine Frage der Disziplin. Immerhin hatte er es pünktlich hierhergeschafft. Ein »Guten Morgen« war ihm trotzdem nicht abzuringen.

Lieke Brouwer begann umgehend mit der Leichenschau. »Meine bisherige Diagnose hat Bestand. Todesursache: Myokardinfarkt. Da die Totenstarre jetzt massiv fortgeschritten ist, lässt sich der Todeszeitpunkt auf gestern zwischen vier und fünf Uhr nachmittags festlegen.«

Thijs de Groot schien gedanklich schon wieder im Aufbruch begriffen. »Also war es doch eine natürliche Todesursache.«

Die Gerichtsmedizinerin schüttelte den Kopf. »Ich habe eine toxikologische Untersuchung mehrerer Körperflüssigkeiten durchgeführt. Allerdings ohne Befund. Die Analyse des Mageninhalts brachte ebenfalls kein Ergebnis.«

De Groot hielt jede weitere Minute an diesem Ort offenkundig für Zeitverschwendung. »Ich sagte es ja, viel Lärm um nichts. Dann können wir endlich einen Schlussstrich ziehen und den norwegischen Kollegen nach Hause schicken.«

Svartkamp hob eine Braue. Bisher hatte er die Leichenschau passiv beobachtend verfolgt. Nun mischte er sich in das Geschehen mit ein. »Wie kann das sein? Der Mann war kerngesund und Marathonläufer. So einer stirbt nicht mir nichts, dir nichts an einem Herzinfarkt.«

Lieke Brouwer stimmte zu. »Keinerlei Arterienverkalkung oder andere Hinweise. Das hätte nicht passieren dürfen.«

»Ist es aber.« De Groot verlor merklich die Geduld. »Das Schicksal spielt manchmal eben seltsame Streiche.«

Die Ärztin lächelte müde. »Mit Schicksal hatte es nichts zu tun.«

Geving war ganz Ohr. »Also glauben auch Sie nicht an einen natürlichen Tod?«

»Ich bin mir sogar fast sicher.« Die Gerichtsmedizinerin wies auf den linken Unterschenkel des Toten, genauer gesagt, auf einen unauffälligen geröteten Punkt an der Wade, in etwa so groß wie ein Mückenstich.

De Groot rieb sich vor Erstaunen die Augen. »Da hol mich der ...«

»Doch nicht so natürlich der Tod, wie?«, lästerte Tinus Geving mit unverhohlenem Sarkasmus.

»Ich würde sagen, Injektion mittels eines spitzen Gegenstands«, lautete Lieke Brouwers Schlussfolgerung.

Geving sah seine französische Kollegin an. »Lieutenant, wie war in Paris das Wetter in den letzten Tagen?«

»Kalt und regnerisch.«

»Es wäre nicht aufgefallen«, dachte Geving laut.

»Was wäre nicht aufgefallen?«, wollte de Groot wissen.

Chloé Lambert schmunzelte, sie musste offenbar zu der gleichen Schlussfolgerung gelangt sein wie Geving. »Das klassische Regenschirmattentat?«

»So sieht es aus«, bestätigte er, ganz begeistert von der Fachkenntnis seiner neuen Kollegin.

»Aber wer?«

»Wer als Ermittler für Økokrim arbeitet, macht sich zwangsläufig nicht nur Freunde«, sagte Svartkamp. »Bondevik ermittelte unter anderem gegen etliche unserer Öl- und Gaskonzerne.«

»Deswegen gleich so was?« De Groot wirkte nicht überzeugt.

»Regenschirmattentate sind ein probates Mittel für Geheimdienste«, hielt Geving dagegen.

Der Niederländer blieb stur. »Das sind doch Methoden von gestern!«

Geving brach ob der Unwissenheit seines Kollegen in Gelächter aus. »Erzählen Sie das Georgi Markov, Alexander Litwinenko oder Mahmud al-Mabhuh. Alle durch Giftanschläge ums Leben gekommen. So gestrig ist das nicht. Denkbar einfach, unauffällig und elegant durchzuführen. Darin liegt der große Vorteil.« Er sah den norwegischen Verbindungsbeamten um Bestätigung suchend an.

Olaf Bergnaar Svartkamp schien die Argumente genau gegeneinander abzuwägen. »Möglich. Allerdings frage ich mich, wieso Geheimdienste ein Interesse daran haben sollten, einen norwegischen Staatsanwalt aus dem Weg zu räumen.«

»Das heißt?«, fragte Geving herausfordernd.

Svartkamp sah betreten zu Boden. »Es hatte einen Grund, warum wir Europol so schnell kontaktiert haben. Wie es aussieht, sind wir nicht ganz unbefangen. Am besten besprechen wir das im Hauptquartier.«

»Wenn es sein muss«, grummelte Geving.

Das zweite Mal, dass der Norweger ihm auswich. Er mochte keine losen Enden. Alle Erkenntnisse, die von

Nutzen sein konnten, mussten auf den Tisch. Früher oder später. Ihm fielen erneut Pedersens mahnende Worte zum »diplomatischen Porzellanladen« ein. Vielleicht wollte Svartkamp vermeiden, dass der Niederländer mithörte. Vorerst musste sich Geving mit der ausweichenden Antwort begnügen. »Stellen wir die Frage mal hintenan. Entscheidend ist doch, womit Bondevik umgebracht wurde. Vielleicht kommen wir so dem möglichen Täter auf die Spur.«

»Das Womit gibt mir Rätsel auf«, gestand die Gerichtsmedizinerin.

»Neurotoxine?«, warf Chloé Lambert in die Runde.

»Es gibt Neurotoxine, die diese Wirkung haben können. Zum einen Tabun, Sarin, Soman oder Cyclosarin, Elemente der sogenannten G-Reihe. Nicht persistente phosphororganische Verbindungen. Aber darin liegt das Problem, sie sind zu flüchtig. Bereits ein Tropfen kann auf den Schlag mindestens zwanzig Menschen töten. Niemand würde bei einer gezielten Ausschaltung dieses Risiko eingehen. Dann wäre da noch die V-Reihe: VX, VG. Etwas stabiler und zehnmal so giftig, trotzdem auszuschließen.«

Geving bedankte sich bei Lieke Brouwer für ihre Erläuterungen. Giftmorde dieses Kalibers gehörten nicht zu seinem Spezialgebiet.

Als weniger nachhilfebedürftig erwies sich der Neuzugang. »Was ist mit der Novichok-Reihe?« Chloé Lamberts Sachkenntnis war beeindruckend.

»Über deren Zusammensetzung wissen wir so gut wie gar nichts. Mit den bekannten Methoden lassen sie sich nicht nachweisen. Ich halte es für nahezu ausgeschlossen, dass einer dieser Stoffe es aus den russischen

Labors herausgeschafft hat. Zumindest wäre die Beschaffung und Lagerung dieser Stoffe bis zu ihrem Einsatz zu umständlich.«

Lieke Brouwer zeigte mit der Lupe noch einmal auf die Einstichstelle. Es fielen ansonsten keinerlei Hautschädigungen auf. Sie konnten die bisher genannten Kampfstoffe ausschließen, so viel wusste Geving, denn sie hätten eine erheblichere Hautirritation zur Folge gehabt.

»Meiner Meinung nach war es kein hochgezüchtetes Neurotoxin, sondern etwas sehr viel Einfacheres, ein simples Kontaktgift«, fuhr die Gerichtsmedizinerin fort. »*Digitalis purpurea*, der rote Fingerhut. Aus ihm gewinnt man Digitoxin. Gehört zur Gruppe der Herzglykoside und findet Anwendung in der Herzmedizin. In Überdosis führt Digitoxin zu Herzrhythmusstörungen bis hin zum Tod. Zu den bekannten Symptomen einer Digitoxinvergiftung zählen Durchfall und Erbrechen. Hinzu kommt, dass Ausdauersportler wie Bondevik einen höheren Ruhepuls haben. Eine entsprechende Giftkonzentration verfehlt seine Wirkung dann nicht. Das perfekte Mordgift.«

»Was bedeutet, dass jemand Bondeviks Gewohnheiten genau kannte«, fasste Geving zusammen. »Lässt sich Digitoxin nicht im Körper nachweisen?«

»Nicht bei einer Kugelummantelung, die man mittels Hochgeschwindigkeitsgeschoss unter die Haut jagt«, meinte Lieke Brouwer. »Dort kann das Gift unbesehen seine Wirkung entfalten. Mangels Sauerstoffversorgung im Körper des Toten zersetzt sich das Gift in kürzester Zeit vollständig. Selbst wenn die Ursache früher bekannt gewesen wäre, man hätte ihm nicht mehr helfen können.«

»Können Sie auf einen ungefähren Tatzeitpunkt schließen?«, fragte Svartkamp.

»Bei geschickter Dosierung kann es mehrere Stunden bis zum gewünschten Taterfolg dauern.«

Chloé Lamberts Blicke verfinsterten sich. »Demnach könnte das Gift noch in Paris injiziert worden sein.«

»Das wäre meine Vermutung.«

Thijs de Groot war wie vor den Kopf gestoßen, Geving, der ungeliebte deutsche Eindringling sollte recht behalten. »Klingt für mich nach dem Werk eines Profis. Sie haben mich überzeugt. Ich werde meine Vorgesetzten informieren. Mal sehen, was wir rauskriegen können.« Das war der erste vernünftige Vorschlag de Groots seit dem ersten Aufeinandertreffen.

Geving bedankte sich artig mit einem knappen Nicken. Sie hatten also doch noch Frieden geschlossen. Pedersen würde begeistert sein.

An Svartkamp und Lambert gerichtet sagte er: »Wir sollten keine Zeit verlieren. Besprechung im Hauptquartier ASAP. Wir müssen unser weiteres Vorgehen planen.«

Europol-Hauptquartier
Eisenhowerlaan 73
Den Haag
10:52 Uhr

Kaum zwei Stunden waren vergangen, bis sich alle zu der von Geving anberaumten Besprechung eingefunden hatten. Er eröffnete mit einer kurzen Zusammenfassung der morgendlichen Leichenschau, schließlich musste Piet Veenstra informiert werden.

Danach war Olaf Bergnaar Svartkamp an der Reihe. Schnell verstand Geving, warum sich der norwegische Verbindugsbeamte im NFI so schmallippig gegeben hatte. Das Opfer war nicht irgendein beliebiger Staatsanwalt. In seiner Funktion als Sonderermittler bei Økokrim hatte Erik-Sondre Bondevik zehn Jahre zuvor gegen *NorskOil* ermittelt, einen der größten Ölproduzenten Norwegens. Tageszeitungen hatten damals massive Unregelmäßigkeiten bei der Abwicklung von Geschäften mit Angolas Regierung aufgedeckt. Die wollte kurz nach Beendigung des Bürgerkriegs die Wirtschaft wieder in Schwung bringen. Bohrkonzessionen wurden an die Meistbietenden verkauft: Briten, Amerikaner, sogar die Chinesen waren im Spiel gewesen. Norwegen hatte immer das Nachsehen gehabt. Bei den drei lukrativsten Ölfeldern jedoch, so Svartkamp, habe überraschenderweise *NorskOil* den Zuschlag erhalten. So überraschend, dass Norwegens Journalisten misstrauisch wurden. Svartkamp berichtete weiter, dass nicht die Regierung Ermittlungen eingeleitet habe, sondern Økokrim von selbst tätig geworden sei, was für heftige Kontroversen gesorgt haben musste. Der Verbindungsbeamte ging nicht näher auf Ermittlungsdetails ein, wohl aber auf das Ermittlungsergebnis. In der Tat hatte *NorskOil* eine hohe Bestechungssumme – die Rede war von dreißig Millionen Euro – an örtliche Regierungsstellen gezahlt, um sich, so nannte Svartkamp es, »das Sahnehäubchen der Bohrkonzessionen« zu sichern. Es gab Vermutungen, wonach mehr als die Hälfte dieser Gelder auf schwarze Privatkonten des angolanischen Präsidenten geflossen war. Diese Vermutungen hatten sich nie belegen lassen, es würde nach Meinung des Verbindungsbeamten allerdings den plötzlichen Reichtum des Präsidenten erklären.

»Ich erinnere mich«, warf Chloé Lambert ein. »Der größte Korruptionsskandal in der Geschichte Norwegens!«

Piet reagierte verblüfft. »Daran erinnern Sie sich?«

Die junge Kollegin zuckte leicht mit den Schultern. »Rebellische Jugend.«

»Sie haben recht«, bestätigte Svartkamp. »*NorskOil* wurde von norwegischen Gerichten zu hohen Strafzahlungen verpflichtet. Damit nicht genug, vor US-Gerichten musste der Konzern öffentlich zugeben, Bestechungsgelder in Millionenhöhe gezahlt zu haben. Der damalige CEO nahm seinen Hut, dafür behielt *NorskOil* die Konzessionen. Das war der Deal.«

»Bondevik hat sich jede Menge Feinde gemacht«, erkannte Geving.

Er hatte schon davon gehört, dass in Norwegen beim Erdöl der Spaß schnell aufhörte. Nach seinem Kenntnisstand finanzierte sich über die Hälfte des Staatshaushalts durch Einnahmen aus dem Öl- und Gasgeschäft. Der ganze Skandal musste für mehr als nur lange Gesichter bei den Offiziellen gesorgt haben. Sicherlich erwähnte Svartkamp die *NorskOil*-Affäre nicht umsonst.

»Worin besteht Ihrer Meinung nach die Verbindung zu Bondeviks Tod?«, wollte er wissen.

»Økokrim ermittelt wieder«, informierte Svartkamp. »Gegen *NorskOil*.«

Piet fuhr sich durchs Haar. »Puh!«

»Erneut Korruption«, vermutete Geving.

Der Norweger sagte sehr vorsichtig, beinahe unentschlossen: »Finanzielle Unregelmäßigkeiten, ja. Korruption, nein.«

»Genauer bitte!«, verlangte Geving umso entschlossener Auskunft.

Svartkamp wand sich um eine klare Antwort herum. Er gab wortlos zu verstehen, mehr gesagt zu haben als ursprünglich beabsichtigt. Sein Hilfe suchender Blick traf auf verständnislose Kälte. Diplomatie hin oder her. Geving ließ sich nicht länger mit ausweichenden Antworten abspeisen. Einmal musste die Wahrheit auf den Tisch. Er bestand darauf.

Derart in der Defensive blieb Svartkamp keine andere Wahl. »Es geht wohl darum, dass *NorskOil* einen Teil seiner Gewinne nicht ordnungsgemäß abführt.«

»Dafür gibt es Belege?«, fragte Geving.

»Die gibt es sicher, doch werden wir sie nicht zu Gesicht bekommen. Als Sonderermittler arbeitete Bondevik unabhängig von Vorgaben des Justizministeriums. Økokrim hält sich in seinen Ermittlungen stets bedeckt, aus gutem Grund, wie ich annehme.«

»Es könnte also sein, dass er sterben musste, weil er entweder zu viel wusste oder weil jemand nicht wollte, dass er die Ermittlungen mit dem, was er bereits wusste, weiterführt«, schloss Chloé Lambert.

Geving kam auf seine während der Leichenschau geäußerte Ausgangsvermutung zurück. »Was ist mit Geheimdiensten? Ich meine, ein Regenschirmattentat trägt eine klare Handschrift.«

»Wir müssen in Geheimdienstkreisen suchen«, sagte der Norweger endlich. »Aber Geheimdienste als Instanz dürften damit nichts zu tun haben.«

»Sie glauben, der Täter kam aus den Reihen von *NorskOil?*«

»Der Auftraggeber«, korrigierte er. »Den Auftragnehmer, so es ein Einzeltäter ist, suchen wir in Geheimdienstkreisen.«

Tinus Geving bekam so langsam ein klareres Bild. Einzeltätertheorie. Es ergab Sinn. Das Erfolgsrezept jeder Verschwörung lautete: Halte den Kreis der Verschwörer möglichst klein. Hatten sie erst den Auftragnehmer, könnte sie das zum Auftraggeber führen.

»Wonach suchen wir also?«

»Vorzugsweise nach ehemaligen Geheimdienstlern, die in der Lage sind, Leute ohne Spuren zu beseitigen«, sagte Chloé Lambert. »Die Amerikaner tun es, die Russen tun es, die Israelis tun es. Nicht außer Acht lassen sollten wir die Briten, SIS-Typen sind erbarmungslos. Und«, sie zögerte, »der DGSE bedient sich ebenfalls nicht ganz sauberer Methoden.«

»Nach wie vielen Leuten suchen wir, Lieutenant?«, fragte Piet nervös.

»Eine Handvoll, möglicherweise zehn.«

Das klang zwar überschaubar, dennoch konnte Geving in Anbetracht der Umstände nur davor warnen, die Suche auf die leichte Schulter zu nehmen. »Diese Leute verstehen es, unsichtbar zu bleiben.«

»Dann sollten wir die Datenbanken heiß laufen lassen«, schlug sein Kollege vor. »Veranlasse ich umgehend.«

Sie näherten sich dem Ende der Besprechung. Jetzt kannten sie das Umfeld, in dem ihr Opfer ermittelt hatte. Daraus ließ sich sogar ein mögliches Mordmotiv herleiten. Doch wo mit der Suche nach Bondeviks Mörder beginnen? Geving beschlich das Gefühl, etwas übersehen zu haben. Nach wie vor hatten sie keine Ahnung, was Bondevik in Amsterdam gewollt hatte, hätte er seinen Zielort jemals lebend erreicht. De Groot und seine Leute würden dieser Spur nachgehen müssen. Immerhin war ihnen bekannt, was der norwegische Sonderermittler in Paris getrieben hatte. Laut Svartkamp hatte er an einer Fachkonferenz des Beirats Europäischer Staatsanwälte teilgenommen. Als Gastredner zum Thema »Korruptionsrisiken und Schutzmechanismen für Unternehmer in den Staaten des ehemaligen Jugoslawien sowie der Ukraine«. Ein heikles Thema. Ob Bondeviks Mörder ihm dort bereits aufgelauert hatte? Geving erinnerte sich an eine von Chloé Lamberts Bemerkungen des Vorabends: Wäre sie der Mörder gewesen, sie hätte den Zug gar nicht erst bestiegen. Nicht dumm ... Er traf eine Entscheidung.

»Ich denke, wir kommen keinen Schritt weiter, wenn wir nicht an den Ursprungsort des Verbrechens zurückkehren.«

»Nach Paris? Darum beneide ich niemanden«, sagte die Neue halb im Scherz.

»Ja, weil Sie es sein werden, Lieutenant.«

Ihr entgleisten die Gesichtszüge, ein Anflug von Panik machte sich breit. »Das ist ein Scherz, oder?«

»Keineswegs. Sie und Veenstra brechen noch heute auf«, ordnete er an.

Sie schluckte. »Die werden da ganz und gar nicht begeistert sein.«

»Wann sind sie das jemals?«

Ihr wich die Farbe aus dem Gesicht. Ob sie es akzeptieren würde?

»Hast du da nicht etwas vergessen?«, fragte Piet kritisch. »Wer fühlt den Norwegern auf den Zahn?«

Geving und Svartkamp tauschten wissende Blicke. »Vorerst niemand. Svartkamp und ich bleiben hier, schließlich schuldet uns de Groot noch Ermittlungsergebnisse zur Amsterdam-Spur.«

Sein Kollege wiederholte nachdrücklich: »Wir schicken niemanden?«

»Wir haben Bondeviks Tod zu untersuchen, nicht dessen Ermittlungen weiterzuführen. Piet, das ist nicht unser Ermittlungsauftrag.« Geving wurde ungeduldig, er hasste Diskussionen.

Piet wich nicht einen Zentimeter von seiner Position ab. Dafür war er berüchtigt, das machte ihn aber zu einem guten Ermittler.

»Tinus, mal ernsthaft. Wenn die Dreck am Stecken haben, ist es sehr wohl unser Ermittlungsauftrag!«

»Bisher haben wir kaum mehr als einen bloßen Verdacht. Da werden wir nicht ohne guten Grund Oslo verrückt machen. Diplomatie.«

Piet gab klein bei. »Wenn du es sagst ...«

»Einen Schritt nach dem anderen. Und jetzt an die Arbeit!«

Tinus Geving irrte sich nicht,

er irrte sich überhaupt äußerst selten.

»Herr Kriminalhauptkommissar, auf ein Wort!« Chloé Lambert nahm ihn beiseite.

»Worum geht es?« Er wusste genau, worum es ging. Allein er tat ihr nicht den Gefallen, ihr entgegenzukommen. Sie musste schon von selbst mit der Sprache herausrücken.

Sie druckste etwas herum. »Wegen Paris ...«

»Was sollte damit sein?«, fragte er betont teilnahmslos. Manchmal konnte Geving grausam sein, das wusste er. Eine kleine Charakterschwäche ...

Sie schaute zu Boden, wagte nicht, ihm in die Augen zu sehen. Ein Überbleibsel ihrer Jugendzeit. »Ich weiß nicht, ob das eine so gute Idee ist.«

»Sie waren von Anfang an involviert. Sie waren involviert, als dieser Fall noch kein Fall war. Ich habe mich für Sie weit aus dem Fenster gelehnt. Bei allem Verständnis für Ihre Bedenken, Sie kennen die Gegebenheiten vor Ort am besten. Also ja, es ist eine gute Idee.«

Sie schüttelte verzweifelt den Kopf. »Ich bin mehr ein Ermittlungshindernis als eine große Hilfe.«

»Ich habe eine Entscheidung getroffen, Sie werden sie befolgen!«, ordnete er mit sehr viel mehr Stahl in der Stimme an. Nicht ohne Hintergedanken. Fordern und fördern.

Es verfehlte die Wirkung nicht. Sie schreckte zurück. »Natürlich ...«

Etwas ruhiger fuhr er fort. »Ich verstehe Ihre Angst. Es sind Ihre alten Kollegen, und Sie sind wahrscheinlich mehr im Unguten auseinandergegangen, als Sie zuzugeben bereit sind.«

»Genau das ist es! Befindlichkeiten sollten nicht unsere Arbeit behindern.«

»Ich lasse Sie nicht alleine losziehen. Sie haben es erlebt, Veenstra kann äußerst bestimmend sein.«

Sie strich sich nervös eine Haarsträhne aus dem Gesicht. »Mein erster Fall und dann so was ...«

»Willkommen bei Europol, Flitterwochen gibt's bei uns nicht. Ich glaube, Sie haben Angst vor der eigenen Courage. Manchmal muss man das scheinbar Unmögliche wagen, um zu sehen, was möglich ist. Sie sind nicht mehr der Underdog der Pariser Polizei, Sie sind Vollstreckungsorgan einer europäischen Polizeibehörde. Das ist, was Sie wollten. Das ist, was Sie bekommen. Also lassen Sie es die ruhig spüren. Sie werden das schon machen.«

Gevings Ansprache hatte Erfolg. Die kummervolle Miene wich einem strahlenden Lächeln mit bezaubernden Grübchen. »Vermutlich haben Sie recht.«

»Ich wünsche gute Jagd!«

Er glaubte daran, dass sie über ihren Schatten springen würde. Sie brauchte nur etwas Ermutigung. Chloé Lambert hatte bisher bewiesen, dass sie für dieses Team ein Hauptgewinn war, sie würde ihn nicht enttäuschen. Woher er dieses blinde Vertrauen in eine ihm eigentlich völlig unbekannte Person nahm, wusste er selbst nicht so recht.

Sichere Wohnung des DGSE
Fontenay-aux-Roses
20:31 Uhr

Der Kuckuck wusste, worauf er zu achten hatte. Ein bequem geparktes Auto mit geschickt platzierter Kamera, gezieltes Mithören über Laserstrahl. Noch fühlte er sich unbehelligt, aber man konnte nie wissen. Sicherheitshalber hatte er daher seinen Aufenthaltsort gewechselt. Noch ahnte sein ehemaliger Arbeitgeber nicht, dass er dreist und ungerührt dessen Infrastruktur nutzte. Eines Kuckucks würdig, setzte er sich ins gemachte Nest. Das war die Welt, in der er sich bewegte. Die Welt von Lügen, Selbst- und Fremdtäuschung. Die Welt der Geheimdienste.

Er hatte den Tag genutzt, sich auf mögliche Eventualitäten vorzubereiten. Es grenzte schon an Komödie, wie wenig Wert Frankreich auf den Schutz nach innen legte. Trotz aller öffentlichen Bekundungen und sehr viel Eigenlob. Anspruch und Wirklichkeit ...

Die Systeme und deren Sicherheitslücken waren immer noch dieselben wie zu seiner aktiven Zeit. Nichts hatte sich geändert. Es machte ihm sein Vorhaben lächerlich einfach.

Der DGSE hatte ihm beigebracht, fremde Computernetzwerke zu infiltrieren. Völlig gleichgültig, ob bei Freund oder Feind. Er erinnerte sich an eine Operation gegen den Präsidenten von Togo, die ihm keine sonderliche Kunstfertigkeit abverlangt hatte. Er legte das komplette Stromnetz des Präsidentenpalasts lahm, womit sich jede weitere Sicherheitsvorkehrung erübrigte. Im Ernstfall bedeutete Diktatoren persönlicher Schutz genauso viel wie der ach so demokratischen Fünften Republik. Die völlig inkompetenten Wachmannschaften stellten keine Herausforderung für ihn dar. Den Präsidenten erwischte er mit einer Prostituierten in dessen Bett. Von der Kugel zwischen die Augen sollte er sich nicht mehr erholen. Das Mädchen hatte er laufen lassen, er tötete keine Minderjährigen.

Kurzzeitig hatte er überlegt, Europol selbst zu sabotieren, stellte jedoch schnell fest, dass seine Kenntnisse nicht ausreichten, dieses im Vergleich sehr viel komplexere System zu überwinden.

Französische Regierungsrechner hingegen luden zum Einbruch förmlich ein. Staatsbeamte hatten keine Fantasie. Innerhalb von Minuten war es ihm gelungen, den E-Mail-Account irgendeines Systemadministrators der Pariser Polizei zu knacken. Dieser faule Idiot benutzte tatsächlich Outlook, entgegen allen Vorschriften! Dann setzte er eine Nachricht ans Transportministerium ab mit dem Hinweis, dass nach der »Europol-Übung von Rotterdam« mit einem Zunehmen von digitalen Angriffen auf staatliche Stellen zu rechnen sei und alle Dienststellen eine erneute Sicherheitsüberprüfung vorzunehmen hätten. Absolute Routine, nichts Auffälliges, eine von Tausenden Behördenmails. Nach Versenden der Nachricht verwischte er seine Spuren. Niemand wusste, dass das Sicherheitszertifikat dieser E-Mail mit einem Wurm manipuliert war.

Den hatte er mittels einer freien Software aus dem Internet erschaffen und mit einem simplen Informationsverbergungstool versehen, das es ihm erlauben sollte, die digitalen Sicherheitsschranken zu überwinden. Mit Erfolg. Das Transportministerium leitete die Nachricht automatisch an die Verkehrs- und die Luftraumüberwachung weiter. Der Wurm scannte nach ungeschützten Computern, kopierte deren Oberfläche und schlich sich so über die Hintertür in sensible, geschützte Bereiche ein.

Der Wurm hatte einen entscheidenden Nachteil. Aufgrund seiner simplen Struktur gestattete er nur das einmalige Auslösen des Aktivierungsbefehls. Damit würde er zwangsläufig einen Alarm auslösen. Natürlich hätte der Kuckuck ihn verwenden können, sein Gesicht aus den Überwachungsarchiven zu löschen, doch danach wäre er nutzlos geworden. Weder verfügte er über die Technik noch über Zeit und Fachwissen, um einen komplexeren Virus zu erschaffen. Seine Kenntnisse reichten nur für einfache Programmierung. Ein Berufshacker war der Kuckuck nicht. Das von ihm konstruierte Programm würde er für einen anderen Zweck dringend benötigen: seine Flucht. Noch konnte er nicht sagen, vor wem er zu fliehen hatte. Sein Kopf sagte ihm, dass es der General war, vor dem er sich würde schützen müssen. Aber der gestrige Tag hatte ihm auch deutlich gemacht, dass man sich in eigentlich unumstößlichen Gewissheiten täuschen konnte.

Derzeit befand sich das Spionagetool im Schlummermodus. Das bedeutete, dass man es kaum würde entdecken können, es sei denn, man partitionierte die gesamte Sicherheitsoberfläche neu. Ein Risiko, gewiss. Jedoch ein Risiko, das gegen null tendierte. Für die nächsten vierundzwanzig Stunden würde der Wurm seinen Zweck erfüllen.

Dennoch bot er im Schlummermodus einen Vorteil. Der Kuckuck konnte die laufende Überwachung mühelos mitverfolgen, solange er nicht einschritt. Er hatte Zugriff auf die Kameraüberwachung des gesamten Pariser Großraums. Zusätzlich hatte er in seinen konspirativen Quartieren aufgerüstet: Kameras, Sensoren.

Die würden keinen Schritt tun, ohne dass er sofort Kenntnis davon erhielt.

Er nutzte den Überwachungsstaat für sich aus. Dabei konnte ihm ein ihm wohlvertrautes Gesicht nicht entgehen. Die Person war nach Paris zurückgekehrt. Er spielte die Option durch, sie zu liquidieren. Bei Gesamtbetrachtung der Umstände unter Einbeziehung sämtlicher Parameter kam er allerdings zu dem Ergebnis, dass es sehr viel sinnvoller wäre, Chloé Lambert am Leben zu lassen.

Direction régionale de la police judiciaire (DRPJ)
36, Rue du Bastion
Paris
20:37 Uhr

»Chloé! Na, das ist ja eine Überraschung. Hast du uns etwa vermisst?« Küsschen links, Küsschen rechts.

Chloé Lambert stellte Agent Piet Veenstra und Lieutenant Yves Renard, ihren ehemaligen Partner bei der Pariser Kriminalpolizei, einander vor.

Renard, »einer der Guten hier«, wie sie versicherte, war in Eile. »Lasst uns nicht hier rumstehen. Er ist im Haus.«

Er musste es förmlich gerochen haben. »Lieutenant Lambert! Wo Sie sind, ist der Ärger nicht weit.«

Wenn man vom Teufel sprach. Die Polizistin gab sich unerschrocken, setzte ein betont falsches Lächeln auf. »Auch schön, Sie wiederzusehen, Monsieur le Sous-Directeur.«

Veenstra fragte sich ernsthaft, warum nur all diese französischen Spitzenbürokraten aussahen wie Jacques Chirac. Patrice Jacques de Bonquier, Leiter des

DRPJ, tat es. Ebenso besaß er dessen Habitus, den er seiner ehemaligen Ermittlerin gegenüber deutlich spüren ließ.

»Ah, man hat Sie also Manieren gelehrt. Eine Lektion, die Sie bei uns nie begriffen haben.« Ihn schien er erst jetzt zu bemerken und betrachtete ihn wie ein niederes Insekt. »Sie sind?«

»Piet Veenstra, Europol«, stellte er sich freundlich, aber unverbindlich vor, wobei er das »Europol« besonders betonte, nur um keine Irritationen aufkommen zu lassen.

»Sie wurden uns bereits angekündigt. Wenngleich ich es nicht besonders schätze, dass Sie hier alles durcheinanderbringen.«

Chloé Lambert lachte. »Schon schlimm, was der Mord an einem Staatsanwalt Ihrem wertvollen Terminkalender antut.«

»Ist eine ziemlich wilde Geschichte. Ein Attentat auf irgendeinen Norweger.« Bonquier gab sich demonstrativ gelangweilt.

»Erik-Sondre Bondevik war nicht ›irgendein Norweger‹, sondern Sonderermittler für Økokrim, was der Grund ist, warum wir Ihnen hier jetzt alles durcheinanderbringen.«

»Vielen Dank, Lieutenant, ich bin informiert! Ich tue das für Ihren Vater, ganz gleich, welche Enttäuschung Sie für uns alle sind.«

Das wäre für Veenstra der Zeitpunkt gewesen einzuschreiten. Die junge Polizistin hielt ihn zurück. Sie lächelte immer noch, verschwendete ihre Zeit jedoch nicht weiter mit dem Austausch von Unhöflichkeiten.

»Sie machen das aus purem Eigennutz. Ihnen ist nicht daran gelegen, dass ruchbar wird, wie dürftig die Pariser Polizei eine Konferenz von Staatsanwälten abgesichert hat. Bei Ihnen herrscht blanke Panik, dass ein Fleck auf Ihrer weißen Karriereweste zurückbleiben könnte. Wir haben Ermittlungen zu führen. Also treten Sie beiseite, und überlassen Sie die Arbeit Leuten, die im Gegensatz zu Ihnen ihren Job beherrschen.«

Veenstra war verblüfft, dass seine Hilfe offensichtlich nicht benötigt wurde.

Patrice Jacques de Bonquier verengte vor seiner ehemaligen Untergebenen die Augen zu Schlitzen und zischte wie eine Giftnatter: »Seien Sie froh, dass Sie für *die* arbeiten.« Offenkundig hielt er es für unter seiner Würde, Europol auch nur zu erwähnen. »Beten Sie jeden Tag den lieben Herrgott auf Knien an, dass das so bleibt.« Er machte auf dem Absatz kehrt und stürmte beleidigt davon.

Wie schön, dachte Veenstra, dann wären die Fronten ja geklärt.

»Na, den hast du aber von seinem gaullistischen Ross gezogen«, bemerkte Yves Renard anerkennend.

Dann vermeldete er die Bereitschaft der Brigade criminelle.

Chloé Lambert hatte die Ermittlungsleitung vor Ort inne. Sie ordnete sofort an, ein Bewegungsprofil von Bondevik zu erstellen. Wo hatte er sich wann in Paris aufgehalten? Fachlich hingegen hörte alles auf sein Kommando. Veenstra würde sich auf die Frage nach dem Täter und dessen mutmaßlichen Geheimdiensthintergrund konzentrieren. Er hatte schon einen Plan entwickelt, der es ihm erlauben würde, sich der

Beantwortung dieser Frage im Ausschlussverfahren zu nähern. Sie standen unter Erfolgsdruck und hatten eine lange Nacht vor sich.

Dienstag, 5. März
Direction régionale de la police judiciaire (DRPJ)
36, Rue du Bastion
Paris
05:16 Uhr

Mit Ausnahme einer kurzen Kaffeepause ließ Chloé ihre Kollegen durcharbeiten. Von Müdigkeit bei den jungen Kriminalbeamten keine Spur, noch vertrugen sie das ehrgeizige Arbeitspensum. Trotz geklärter Fronten wollte niemand dumm dastehen, sollte sich Patrice Jacques de Bonquier dazu herablassen, Erkundigungen nach dem Stand der Ermittlungen einzuholen.

Yves Renard vermeldete, dass sie Bondeviks Bewegungsprofil vollständig hatten nachvollziehen können. Demnach war der Sonderermittler am 1. März mit SAS-Flug 837 aus Oslo um 13:20 Uhr auf dem Pariser Flughafen Charles-de-Gaulle angekommen. Amsterdam wollte er am 4. März mit KLM-Flug 1145 um 11:50 Uhr verlassen. Landung in Oslo um 13:35 Uhr. Es schien festzustehen, dass sein Weg ihn nicht zufällig nach Amsterdam geführt hatte. Direkt nach der Landung in Paris löste Bondevik ein Ticket für den Nahverkehr. Am Flughafenbahnhof bestieg er um 13:59 Uhr den RER der Linie B zum Gare du Nord, das er um 14:35 Uhr erreichte.

»Ging es sofort ins Hotel, oder könnte er unterwegs jemanden getroffen haben?«, fragte Chloé Lambert ihren ehemaligen Partner.

»Ich vermute Ersteres«, sagte Yves. Er führte aus, dass Bondevik ein Hotel in unmittelbarer Bahnhofsnähe genommen hatte, das *Mercure Paris Terminus Nord*. Das dortige Hotelpersonal bestätigte auf Nachfrage seinen Check-in um exakt 15:00 Uhr. Sie gaben außerdem an, dass er darauf bestand, in Vorbereitung auf seinen Vortrag nicht gestört zu werden. Das Hotel hatte er für diesen Tag nicht mehr verlassen. Gegen 19:15 Uhr bestellte er etwas beim Zimmerservice.

Der Samstag versprach kaum, interessanter zu werden. Kurz nach 8:00 Uhr verließ Bondevik das Hotel Richtung Palais des congrés im 17. Arrondissement. Wieder mit dem Nahverkehr.

Chloé schaute angestrengt auf einen Stadtplan der französischen Hauptstadt, versuchte, sich einen Überblick zu verschaffen. »Es gibt mehrere Möglichkeiten. Entweder er ist in Châtelet – Les Halles oder Bastille umgestiegen. Wir sollten alle fraglichen Überwachungsaufnahmen für diesen Zeitpunkt prüfen.«

»Wird in die Wege geleitet.«

»Und weiter?«, fragte sie.

Yves fuhr mit dem Ergebnis seiner Nachforschungen fort. Der Kongress begann pünktlich um 9:00 Uhr. Während dieser Zeit verließ Bondevik das Kongresszentrum nicht. Um 19:32 Uhr Log-in in seinem Hotelzimmer, wiederum bestätigt vom Hotelpersonal. Check-out erfolgte am darauffolgenden Tag um 8:03 Uhr. Bondeviks Vortrag war für 12:00 Uhr angesetzt und dauerte etwa eine Dreiviertelstunde. Das übliche Get-together nach Kongressende hatte er geschwänzt, um sich stattdessen zum Gare du Nord zu verabschieden, wo er den Zug nach Amsterdam um 14:21 Uhr bestiegen hatte.

»Das war's?«, frotzelte Veenstra. »Viel Zeit für Sightseeing hat er sich offenbar nicht genommen. Dabei ist Paris immer eine Messe wert.«

»Wenn er doch mit seinem Vortrag beschäftigt war«, hielt Chloé dagegen.

»Für Amsterdam brachte er deutlich mehr Interesse auf. Für Sonntagabend hatte er im Concertgebouw reserviert.«

»Eine oder mehrere Karten?«, hakte Chloé nach.

Veenstra musste in seine Unterlagen schauen. »Nur eine Karte.«

Yves Renard schüttelte den Kopf. »Daraus werde ich nicht schlau.«

»Vielleicht ist das im Moment nicht so wichtig«, sagte sie. »Entscheidend ist vielmehr die Frage, wie, wo und wann er mit dem Gift in Berührung gekommen ist.«

»Womit wir beim vermeintlichen Täter wären«, leitete Veenstra zum zweiten wichtigen Punkt über. Ihm war es gelungen – basierend auf der gemeinsam mit Olaf Bergnaar Svartkamp aufgestellten These, wonach sie nach einem Einzeltäter im Geheimdienstmilieu zu suchen hätten –, ein Land nach dem anderen auszuschließen.

Die Amerikaner kamen schon aufgrund ihrer Historie mit *NorskOil* nicht infrage. Sie hätten Bondeviks Ermittlungen eher unterstützt als behindert. Das Gleiche galt für die Briten, deren Interessen in diesem Fall mit denen der Amerikaner deckungsgleich waren.

Auch die Russen konnte man dafür nicht zur Verantwortung ziehen. Die lagen mit Norwegen im Streit über

Bohrrechte in der Arktis. Eine Schiedskommission hatte darüber zu befinden. Bondeviks Ermittlungen hätten ihnen in die Hände gespielt. Es gab keinen Grund, das mit einem so durchsichtigen Manöver zu riskieren. Blieben Israel und Frankreich.

Israel verfügte über die dafür notwendigen Kräfte und die entsprechende Erfahrung, eine solche Operation auf europäischem Boden durchzuführen. Die israelische Regierung kommentierte Aktionen ihrer Geheimdienste grundsätzlich nicht. Es entsprach ihrer Strategie der Undurchschaubarkeit, des *amimut*. Lass die anderen denken, was wir wollen, dass sie denken, wir sagen nichts dazu. Jedoch war Israel aufgrund seiner Lage stark abhängig von europäischen Rohstofflieferungen. Außerdem verband es mit Frankreich einen intensiven Technologieaustausch, über den man in der Öffentlichkeit nicht debattierte. Vernunftmäßig ergab deren eventuelle Beteiligung keinen Sinn. Sie hätten nichts zu gewinnen, dafür aber sehr viel zu verlieren.

Frankreich hingegen hatte ein Problem. Im Gegensatz zu Amerikanern und Briten standen sie nicht in Konkurrenz zu Norwegen. Was die mangelnde Ethik in Fragen internationaler Geschäftsabwicklung anging, schien man überdies der gleichen Auffassung zu sein. Bondevik hätte aus Frankreichs Sicht nicht gefahrlos gegen *NorskOil* ermitteln können, ohne dass ihr eigenes Tun genauer unter die Lupe genommen worden wäre. Eine Frage der Staatsräson. Gegenüber Europol beeilten sich französische Vertreter denn auch schnell, diese Operation aufs Schärfste zu verurteilen. Zu schnell für Veenstras Geschmack, wie er gestand.

Chloé war beeindruckt. Ihr niederländischer Kollege hat seine ganz eigenen Methoden, sich in einen Fall zu verbeißen.

Yves musste zu dem gleichen Schluss gelangt sein, wenn auch von ganz anderer Warte. »Unser Monsieur le Sous-Directeur behält uns genau im Auge.«

»Soll heißen, er behält *mich* genau im Auge«, lästerte Chloé.

Ihr ehemaliger Partner musste schmunzeln. »Aus unbestimmtem Grund hat er ein Interesse für den Fall entwickelt ...«

»... weil ihm die Felle davonschwimmen«, unterbrach sie ihn erneut. Sie schluckte ihren immer noch nicht verrauchten Ärger hinunter. »Pardon.«

»Wie dem auch sei. Bonquier wurde für seine Verhältnisse ungewöhnlich aktiv. Auf seine Veranlassung hat der DGSE Kontakt zu uns aufgenommen.«

»Der DGSE?« Sie sah ihre schlimmsten Befürchtungen bestätigt. »Wieso? Ich denke, die haben damit nichts zu tun!«

Yves wirkte belustigt. »Haben sie auch nicht. Sie konnten aber ... äh ... nicht ausschließen, dass sich einer ihrer ehemaligen Agenten, wie soll man sagen, selbstständig gemacht hat.« Er musste geradezu nach den passenden Worten suchen, diesen Fauxpas auch nur angemessen zu beschreiben.

Sie traute ihren Ohren nicht. »Wie bitte? Wer?«

Er zog das Foto eines schmalen und finster dreinblickenden Kerls auf den großen Bildschirm: Stoppelhaarschnitt und ungepflegter Dreitagebart, die Augen fast tot. Dazu weitere Informationen. Name: Ghjuvan

Francescu Santini. Korsischer Herkunft. Deckname: Kuckuck.

»Der Einzige, der nach Meinung des DGSE dafür infrage kommen könnte«, sagte Renard. »Santini ist das, was die Branche einen ›Feuchtling‹ nennt.«

»Scheiße.« Veenstra wurde sichtlich nervös.

»Giftmorde sind sein Spezialgebiet. Rebellengenerale in Mali, der Außenminister von Burkina Faso, dazu Drecksarbeit für die Libyer.«

»Orte, an denen man immer schon mal Urlaub machen wollte«, murmelte Chloé.

»Und zuletzt ein großes Problem für die Geheimdienste. Santinis Loyalität lag nicht exklusiv bei der Republik. Der versuchte Mordanschlag auf den korsischen Präfekten ging wohl ebenfalls auf sein Konto. Reizender Knabe.«

Chloé brauchte nicht lange, die offensichtliche Schlussfolgerung zu ziehen. »FLNC?« Ein Auftragskiller in Diensten der Grande Nation, der zeitgleich seinen Dienstherrn für die *Korsische Nationale Befreiungsfront* unterwanderte. Ob die dahintersteckten? Sie durchfuhr ein unangenehmes Frösteln. Wo waren sie da nur hineingeraten?

Veenstra hob die Hand. »Freunde, ich hab da mal eine Frage. Wer rekrutiert bei euch solche Leute?«

»Dieselben Leute, die ihn jetzt loswerden wollen«, antwortete Chloé.

Jetzt musste auch sie finster lachen. Ihr ehemaliger Chef hatte ihnen im wahrsten Sinne des Wortes ein Kuckucksei ins Nest gelegt. Aus ihrer Sicht gab es nur zwei Optionen, wie die Sache ausgehen konnte. Erste Option: Sie schnappten Santini. Der hatte mit der ganzen

Sache zu tun, gab aber nichts über den FLNC preis, dafür plauderte er ausgelassen über die Verfehlungen des französischen Auslandsgeheimdienstes. Zweite Option: Santini hatte mit der Sache nichts zu tun. Er widersetzte sich seiner Festnahme, wurde womöglich getötet oder floh, wobei er etliche Polizeibeamte ins Jenseits beförderte. In jedem Fall wäre Europol am Ende blamiert. Patrice Jacques de Bonquier und seine Freunde beim DGSE ... Die interessierten sich nicht für Bondevik. Die wollten sich zurücklehnen und genüsslich dabei zusehen, wie andere die Drecksarbeit für sie erledigten. Aus keinem anderen Grund hatte man ihnen diese unschöne Menge an Details überlassen. Chloé würde Bonquier, diesem intriganten Lackaffen, ganz bestimmt nicht vor Dankbarkeit die Füße küssen.

Schon allein aus diesem Grund meldete sie ihren Zweifel an. »Wie groß ist die Wahrscheinlichkeit, dass Santini unser Mann ist?«

»Bei der Biografie?«, lautete Yves' Gegenfrage. »Nicht eben gering.«

»Ja, aber wissen wir es? Gibt es sonst niemanden, der infrage kommen könnte? Wurde Santini in Paris gesehen?« Sie beantwortete sich ihre Fragen selbst. »Wir wissen es nicht.«

Veenstras Gesicht erhellte sich. »Santinis Foto schicken wir sofort zum Abgleich ins Hauptquartier.«

»Diese Aufnahme ist uralt. In der Zwischenzeit könnte er sich kosmetischen Veränderungen unterzogen haben.«

»Bei dem, was wir haben, hilft ihm der beste plastische Chirurg nichts, Lieutenant«, feixte der Niederländer.

»Jetzt machen Sie mich neugierig.«

»Die Deutschen arbeiten gerade an einem Computerprogramm zur biometrischen Gesichtserkennung im dreidimensionalen Bereich. Die Falschauslesungsrate ist im Vergleich zum herkömmlichen 2D-Verfahren sensationell gering.«

»Schön zu hören, dass wir hier mit Methoden aus der Steinzeit arbeiten müssen«, ätzte Yves.

»Das Programm steckt noch in den Kinderschuhen. Wird Zeit, es einem ersten kleinen Praxistest zu unterziehen.«

»Woran wollen Sie es testen?«, erkundigte sich Chloé.

»Ist nicht ganz Paris übersät mit Kameras? Metrostationen, Bahnhöfe, Hotels. Ich wette, der geht uns irgendwo ins Netz. Da kann er noch so sehr den großen Unsichtbaren spielen.« Veenstra erhob sich und streckte die Glieder. »Ich rede mit dem Hauptquartier. In spätestens drei Stunden sollten wir mehr über Santini wissen.«

Chloé schaute auf die Uhr. »Dann treffen wir uns wieder hier, pünktlich um neun. Und ich brauche absolute Gewissheit! Vorher schicken wir keine Leute ins Feld.«

09:00 Uhr

Piet Veenstra hatte Wort gehalten. Mehr als das. Der von ihm veranlasste Identitätsabgleich wurde um eine halbe Stunde unterboten. Ob es Chloé gefiel oder nicht, sie hatten nun Klarheit.

»Santini ist unser Mann«, verkündete der Niederländer.

»Ist das sicher?« Ihr Misstrauen blieb.

»Zu hundert Prozent, absolut.« Sofort gab Veenstra einige Befehle in den Rechner ein, woraufhin eine

Videodatei geöffnet wurde. Die Aufnahme zeigte die Hotellobby des *Mercure*.

Chloé sah es. Sie sah *ihn*! Der Mann sah genauso aus wie auf dem Foto, das sie von ihm hatten: Ghjuvan Francescu Santini. Nur ein Detail hatte sich verändert. Was ein gut sitzender Anzug ausrichten konnte ... Der Kuckuck wirkte beinahe respektabel und nicht wie die brutale, wenig ansehnliche Schattengestalt ohne Perspektive aus den Banlieues, aus denen französische Geheimdienste gemeinhin ihre Leute rekrutierten.

Santini ging auf den Check-in-Schalter zu, wo er dem Concierge einen Ausweis zeigte. Das folgende kurze Gespräch – nicht länger als zwei Minuten – verlief freundlich. Kein Zeichen von Anspannung im Gesicht des Concierges. Schließlich ein kurzes höfliches Nicken von Santini, der daraufhin das Hotel verließ.

»Was war das denn? Und wo ist Bondevik?«, fragte Yves Renard.

»Die Aufnahme«, erklärte Veenstra, »entstand etwa eine halbe Stunde nach Bondeviks Check-in, die Uhrzeit verrät es.« Im Hotel hatte man seine Vermutung bestätigt. Santini gab sich als Vertreter des Justizministeriums aus, der wie Bondevik an der Fachkonferenz teilnehme. Man kenne sich und sei gut befreundet. Santini wolle sich nur erkundigen, ob Bondevik gut angekommen sei, und ihm vielleicht später einen Überraschungsbesuch abstatten. Nichts, womit man den norwegischen Kollegen behelligen müsse.

Chloé schüttelte den Kopf. »Das haben die geschluckt?«

»Du weißt doch, wie die Leute vor einem glaubwürdig aussehenden Ausweisdokument kuschen. Wenn du vom Justizministerium kommst, erzählen die dir jede Indiskretion«, meinte Yves.

Amateure! Für ein Hotel dieser Preisklasse hätte sie etwas mehr Professionalität erwartet. Stattdessen kalkulierte Santini mit der Leichtgläubigkeit der Hotelangestellten. Am Ende hatte er die Bestätigung, dass sich sein Ziel an Ort und Stelle befand. Genial einfach.

Piet Veenstra gab einen weiteren Befehl ein, die Szenerie wechselte. »Samstag. Eine der Sicherheitskameras im Palais des congrès hat ihn eingefangen.«

Erik-Sondre Bondevik betrat das Kongresszentrum durch den Haupteingang am Place de la Porte Maillot, dicht gefolgt von Santini. Der Norweger bemerkte nicht, dass er die ganze Zeit über beschattet wurde.

Chloé war sprachlos angesichts der von Santini zur Schau gestellten Dreistigkeit. Dieser Mann brauchte keine Maskierung. Er konnte mühelos in der Menge untertauchen. Niemand könnte bestätigen, ihn gesehen zu haben, wären nicht die Kameras gewesen.

Ihr ehemaliger Partner Yves Renard brachte es auf den Punkt. »Der Mann war schon gut, als er noch für uns gearbeitet hat.«

»Das Beste kommt noch.« Agent Veenstra rief eine dritte Aufnahme auf. Gare du Nord, Sonntag, 14:07 Uhr, eine Viertelstunde vor Abfahrt des Zugs.

Der Sonderermittler stand an einem der bahnhofstypischen *Relay*-Zeitungsstände. Etwas abseits von dem Mann, der sich gerade eine Tageszeitung kaufte, postierte sich Santini.

Chloé ließ einen heftigen Atemstoß aus. »Das ist doch …« Der abtrünnige Agent war mit einem Regenschirm bewaffnet.

»Zu diesem Zeitpunkt regnete es tatsächlich in Strömen. Eine hervorragende Tarnung«, bekannte Veenstra.

Wie zufällig rannten Bondevik und Santini ineinander. Nur das geübte Auge konnte erkennen, was in diesem Moment vor sich ging. Bondeviks Gesicht verzerrte sich für einen kurzen Augenblick zu einem Ausdruck des Schmerzes. Santini hob entschuldigend die Hand, was der Norweger wortlos zur Kenntnis nahm.

Plötzlich schob eine junge Frau unachtsam ihren Rollkoffer durch die Szene.

Chloé musste sich mit ihren Händen abstützen. »Nein!«

Veenstra stoppte die Wiedergabe und drehte sich mit ernstem Gesicht zu ihr um. »Doch.«

»Ich hätte ihn aufhalten können!«, rief sie voller Erregung.

»Niemand verfügt über die Gabe der Vorsehung, Frau Kollegin. Auch Sie nicht.«

»Wenn ich etwas aufmerksamer gewesen wäre ...«

»... hättest du es ebenfalls nicht aufhalten können«, versuchte Yves, sie zu beruhigen.

Chloé fuhr sich durchs Haar. »Vor meinen Augen!«

»Nicht einmal Geving wäre es aufgefallen, und diesem Mann entgeht nichts«, beschwichtigte auch Veenstra sie.

»Er könnte jetzt noch leben, hätte man ihm ein Gegengift verabreicht.«

»Dazu hätte man wissen müssen, was es gewesen ist, Chloé. So etwas dauert. Bei der schnellen Wirkung des Gifts wären seine Chancen gleich null gewesen.«

Sie atmete tief durch und zwang sich, ihre persönlichen Gefühle beiseitezuschieben. »Weiter!«

Veenstra startete die Aufzeichnung wieder.

Bondevik ging in Richtung des bereitstehenden Zugs nach Amsterdam. Weder hatte er Santini wiedererkannt, noch war ihm bewusst, dass er dem Tod geweiht war, da das Gift seine todbringende Wirkung erst zu entfalten begann.

Yves kam aus dem Staunen nicht mehr heraus. »Hätte nicht gedacht, so etwas einmal zu Gesicht zu bekommen. Klassisch, altmodisch, effektiv und garantiert tödlich.«

Chloé hatte sich immer noch nicht damit abgefunden, dass es vor ihren Augen geschehen war. »Ich verstehe das nicht. Das sind öffentliche Sicherheitskameras. Wieso lässt sich Santini bei der Ausführung eines Mordes filmen? Ist er nur dumm und unvorsichtig, oder leidet er an massiver Selbstüberschätzung?«

»Vielleicht weiß er, dass er unantastbar ist«, führte Yves ins Feld.

»Oder aber«, sagte Veenstra, als er die letzte Aufnahme abspielte, auf der Santini mit einem Telefon in der Hand den Bahnhof durch einen Seitenausgang zur Rue du Maubeuge verließ, »oder aber Santini wusste, dass er dabei gefilmt wurde, und betrachtet diese Aufnahmen als eine Art Lebensversicherung.«

»Bleibt die Frage, wie wir Santini ausheben«, überlegte Chloé laut.

Es fiel ihr schwer, sich nach dem Gesehenen zu konzentrieren, so aufgebracht war sie. Ein Albtraum!

Yves hatte darüber bereits nachgedacht. Der DGSE hatte ihnen eine Liste von zehn sicheren Häusern in

Paris und Umgebung übermittelt, in denen der Kuckuck wohnen könnte. Wie praktisch, dachte Chloé. Er nutzte also ungerührt deren Infrastruktur. Wie konnte so etwas sein? War der DGSE nur zu dämlich, einen abtrünnigen Agenten und mutmaßlichen FLNC-Terroristen zu neutralisieren, oder erwiesen sie sich schlichtweg als unwillige Zyniker, die hofften, diesen Mann noch irgendwie gebrauchen zu können? Wenn dem so war, hatten sie sich in beiden Fällen gründlich verrechnet. Ihre Unfähigkeit drohte, ihnen auf die Füße zu fallen. Für Chloé einmal mehr der perfekte Beweis, dass diese »Spitzenbeamten« an der ENA nichts Gescheites gelernt haben konnten. Doch sie schweifte ab.

Abhängig von der sozialen Herkunft des Täters und dem Bewegungsumfeld des Opfers hatte Yves die zehn Ausweichmöglichkeiten auf drei reduziert. Er zeigte auf den markierten Plan der Stadt: zwei Häuser in Aubervilliers und Fontenay-aux-Roses, eine Stadtwohnung im 9. Arrondissement, Quartier de Rochechouart, Rue Condorcet. Wie Chloé sehen konnte, als sie erneut an den Stadtplan herantrat, hatten alle sicheren Wohnungen eine Gemeinsamkeit. Sie lagen im direkten Einzugsgebiet der RER-Linie B von Saint-Rémy-lès-Chevreuse nach Charles-de-Gaulle. Ideal, um in die Stadt zu gelangen oder sie schnell zu verlassen, sollte es nötig sein. Außerdem hätte die Linie Santini bequem zu allen Orten gebracht, an denen sich Bondevik aufgehalten hatte. Sehr geschickt.

»Ich denke, unser primäres Zugriffsziel ist die Rue Condorcet, in unmittelbarer Nähe zum Gare du Nord«, empfahl Yves.

Sie stimmte zu. »Erscheint logisch. Die anderen Möglichkeiten sollten wir ebenfalls überprüfen.«

»Wie möchtest du vorgehen, Chloé?«

»Zivilbeamte vor Ort zur Observierung. Keine uniformierten Einheiten!«

»Eigenständiger Zugriff?«

»Bloß nicht, Yves! Santini ist Profi, der merkt sofort, wenn was nicht stimmt. Nur beobachten. Und sag denen, die sollen sich zur Abwechslung wirklich unauffällig verhalten. Wir lassen ihn nicht Däumchen drehend entkommen!«

Wenn Chloé bisher keinen Grund gehabt hatte, den Typen zu schnappen, jetzt hatte sie einen. Doch befand sich Ghjuvan Francescu Santini noch in Paris, wie sie ursprünglich vermutet hatte, oder hatte er längst die Flucht angetreten? Inwiefern konnte die *Korsische Nationale Befreiungsfront* von Bondeviks Tod profitieren? Was hatte es mit den sicheren Wohnungen auf sich? Ein Observierungsort erschien ihr so gut wie jeder andere. Da vertraute sie voll und ganz ihrem alten Partner Yves Renard. Überhaupt der Einzige, dem sie hier jemals vertraut hatte. Sie wurde das miese Gefühl in der Magengegend nicht los. Einige Elemente in Polizei und Geheimdiensten strickten sich ihre eigene Agenda zurecht. Auf Kosten von Europol. Und Patrice Jacques de Bonquier, ein Mann, dem sie niemals vertraut hatte, hielt die Zügel in der Hand. Sie musste Tinus Geving informieren. Irgendetwas passte hier nicht zusammen.

Der Kuckuck war zu einer gewissenlosen Tötungsmaschine verkommen. Geräuschlos, effizient, zuverlässig. Das blieb nicht aus, wenn man wie er jahrelang für den französischen Auslandsgeheimdienst DGSE gearbeitet hatte. Für eine gewissenlose Regierung, die die Ideale, die sie sich einstmals groß auf die Fahnen geschrieben hatte, mit Füßen trat. Seine eigene Persönlichkeit, seine Identität, sie war fast vollständig hinter dem verschwunden, was sie aus ihm gemacht hatten: ein Monster, einen Feuchtling. Sein Name: längst aus dem Bewusstsein gestrichen. Ghjuvan Francescu Santini existierte nicht mehr. Wenn er seine Ziele liquidierte, dann als Kuckuck.

Bis zu dem Tag, an dem Paris seinen neuen Statthalter nach Korsika geschickt hatte. Der Präfekt, ein ehrgeiziger Nachwuchstyrann, installierte auf der Insel ein Polizeiregime, das dem Vichy-Terror zur Ehre gereicht hätte. Im Namen der Republik!

Seine Operation sorgte im Kreis seiner Mitkämpfer damals für Kontroversen. Die *Befreiungsfront* kalkulierte nicht mit dem Verlust von Menschenleben. In vielerlei Hinsicht war er extremer als sie. Extremer und dümmer. Seine Selbstüberschätzung wurde ihm zum Verhängnis. Nie hatte er ernsthaft in Erwägung gezogen, dass der DGSE ihre Organisation infiltriert haben könnte. Der Kuckuck musste abtauchen und seitdem für sich selbst sorgen.

Seine Auftraggeber hielten ihn hin. Kein Versuch der Kontaktaufnahme, kein Zahlungseingang des vereinbarten Honorars, stattdessen hing die Polizei an ihm dran. Sie hatten ohnehin nie vorgehabt, ihn zu bezahlen. Jetzt da er wusste, wofür die standen, ergab alles plötzlich einen Sinn. Er, Santini, der Kuckuck, war für sie Mittel zum Zweck gewesen.

Der General musste über Verbündete im DGSE verfügen, die ihn für diesen Job vorgeschlagen hatten. Mit dem Ziel, ihn zum passenden Zeitpunkt als Bauernopfer auszuspielen. Sie hatten Europol informiert, über ihn und eine Spur, die eindeutig zum FLNC zeigen musste. Alles eine gigantische Täuschung! Und die Europäer gingen dieser Täuschung auf den Leim.

Vorsichtshalber hatte er schon im Schutz der Nacht sein Quartier gewechselt. Aubervilliers und Fontenay-aux-Roses gaben deutliche Zeichen von sich, die ihm signalisierten, dass man ihn eingekreist hatte. Keine allzu große Überraschung. Immerhin, seine Vorbereitungen würden sich jetzt als nützlich erweisen.

Sein Inkognito war verbrannt, er musste schleunigst von hier verschwinden. Der Kuckuck aktivierte einen Zerhackercode, der die Festplatten seiner Rechner nicht nur löschte, sondern komplett unbrauchbar machte. Funken stoben geradezu aus den Rechnergehäusen, als er die Wohnung aufgab. Europol wollte ihn haben? Dann sollten sie sich gefälligst anstrengen. Noch hatte er nicht aufgegeben. Er würde sich nicht so leicht von denen schnappen lassen. Nicht, ehe sie begriffen hatten, dass sie einen fatalen Fehler begingen.

Kriminalhauptkommissar Tinus Geving nahm Agent Thijs de Groot in Empfang. Sie tauschten einen kurzen, kräftigen Händedruck miteinander aus.

»Neuigkeiten zu einer Amsterdam-Spur?«, fragte er.

»Bis auf die Reservierung im Hotel und die Konzertkarten? Nichts. Vielleicht hatte er wirklich vor, Urlaub zu machen. Eine Verbindung zu Paris lässt sich bisher nicht rekonstruieren.«

»Ist vielleicht nicht nötig. Wir stehen kurz davor, den Täter auszuheben.«

De Groot machte große Augen und wollte ansetzen, etwas zu sagen, da sprangen alle auf. Laurits Pedersen betrat den Raum, gefolgt vom norwegischen Verbindungsbeamten Olaf Bergnaar Svartkamp. Der Deputy Director signalisierte stumm, dass alle weitermachen sollten.

Schnurstracks ging er auf Geving zu und sah nicht begeistert aus. »FLNC, wie?«

»So hat es den Anschein«, bestätigte Geving.

»Hatten sie es gezielt auf Bondevik abgesehen, oder geriet der irgendwie zwischen die Fronten?«

Diese Frage hätte Svartkamp beantworten können, doch der Verbindungsbeamte schwieg. Sehr zu Gevings erneutem Missfallen. Sie sollten hier nicht länger rumstehen.

»Lieutenant Lambert, Ihr Status!«

»Spezialeinheiten an Punkten in Aubervilliers und Fontenay-aux-Roses in Stellung und auf Ihr

Kommando bereit, vorzurücken«, meldete Chloé Lambert per Videocall aus dem Pariser DRPJ.

»Wir halten uns vorerst zurück«, sagte Lieutenant Yves Renard, der in der Rue Condorcet Stellung bezogen hatte.

Sekundenlange gespannte Stille. Tinus Geving schloss die Augen, atmete tief durch. Alle Blicke waren auf ihn gerichtet. Ein letzter Moment der Stille.

Er wollte gerade den Zugriffsbefehl erteilen, als Renard alarmiert unterbrach: »O Gott, wir haben ein Problem!«

Rue Condorcet
Paris
11:26 Uhr

Yves Renard saß so unauffällig wie möglich in einem kleinen Café etwas weiter abseits, dennoch in Sichtweite zu Santinis mutmaßlichem Versteck. Über Headset war er mit Chloé und Piet Veenstra, den Einsatzkräften sowie Europol verbunden. Was er beobachtete, trieb ihm die Farbe aus dem Gesicht.

Renard hatte schlechte Neuigkeiten. »Der Kuckuck verlässt das Nest!«

»Was?«, entfuhr es Chloé.

»Er hat den Braten gerochen.«

»Nicht möglich!«

Gerade noch rechtzeitig war es ihm gelungen, alle uniformierten Einheiten, die in den Seitenstraßen des 9. Arrondissements bereitstanden, zurückzupfeifen. Ein missglückter Zugriff in dieser engen, schattigen Einbahnstraße mit unklarem Schussfeld hätte für

Kollateralschäden gesorgt. Renards Herzschlag beschleunigte sich spürbar.

Geving meldete sich aus dem Europol-Hauptquartier. »Ganz ruhig, Leute. Ist jemand zu einer Lageeinschätzung imstande?«

»Die Annäherung an die Quartiere in Aubervilliers und Fontenay-aux-Roses muss einen stillen Alarm ausgelöst haben«, vermutete Veenstra.

Seine ehemalige Partnerin klang frustriert. »Verdammt! Warum haben wir das nicht bedacht?«

Ghjuvan Francescu Santini sah genauso aus wie in den Videoaufzeichnungen aus der Hotellobby. Anzug, langer Mantel, Umhängetasche. Den unauffälligen Geschäftsreisenden spielte er ziemlich überzeugend. In diesem Moment ging er an Renard vorüber. Ein knapper Meter trennte sie voneinander. Renard hätte einen Arm ausstrecken und ihn packen können. Würde der abtrünnige DGSE-Agent den Polizisten bemerken? Vor Anspannung hielt er unwillkürlich die Luft an, sah für einen winzigen Moment sein Leben an sich vorbeiziehen. Wenn das hier außer Kontrolle geriet ...

Nichts geschah, Santini ging weiter, Renard wagte wieder zu atmen. Bondeviks Mörder schien es nicht eilig zu haben.

Renard wartete fünf Sekunden, bevor er ins Headset flüsterte: »Wir sollten uns schleunigst etwas einfallen lassen, oder Santini geht uns durch die Lappen.«

Geving schwieg. Chloé musste entscheiden.

»Yves, hat er euch bemerkt?«, fragte sie.

»Er sieht nicht aus, als wäre er in Alarmbereitschaft. Allerdings wird er nun wissen, dass wir an ihm dran sind.«

Sekunden der Unentschlossenheit. Wertvolle Sekunden. Santini wäre bald außer Reichweite. Na los ...

»Verfolgung aufnehmen!«

»Bereits geschehen, Chloé.« *Renard war aufgesprungen und heftete sich dem Kuckuck an die Fersen.*

Im Vorbeigehen signalisierte er zwei Zivilbeamten der Brigade criminelle, die vor einem Geschäft standen, ihm zu folgen. Fast wäre er gerannt, um den zu Verfolgenden einzuholen, wofür er sich umgehend verfluchte.

Nicht auffällig werden!

Er drosselte sein Tempo, behielt einen gehörigen Sicherheitsabstand zum Ziel bei. Auf Höhe eines Eckhauses, in dessen Untergeschoss sich eine Filiale der HSBC-Bank befand, wechselte Santini die Richtung.

»Ziel biegt ein auf die Rue de Rochechouart«, *gab er durch.*

»Ist dort irgendwas Besonderes?«, *erkundigte sich Geving.*

»Negativ.«

Was hatte er vor? Renard sah sich nach den Kollegen um, die an der vor der Bank liegenden Ampelkreuzung auf den gegenüberliegenden Bürgersteig der Rue de Rochechouart wechselten. Die Straße war kaum breiter oder belebter als der Ausgangspunkt ihrer Verfolgung. Santini hatte bewusst diesen Weg gewählt, um sein Umfeld genau im Auge behalten zu können.

»Ziel überquert Rue Pétrelle.« *Renard hielt die Ermittler über jeden Schritt des Kuckucks auf dem Laufenden.*

»Wie dann weiter?«, *wollte Geving wissen.*

Santinis Route folgte keinem erkennbaren Muster. Yves Renard konnte nur eine Vermutung abgeben. »Er ist auf öffentliche Verkehrsmittel angewiesen, um unterzutauchen. Der Bus wäre zu langsam. Er nimmt bestimmt die Metro!«

»Stationen in der Nähe?«

»Anvers und Barbès – Rochechouart, ein Kreuzungsbahnhof«, zählte er auf. »Um maximale Verwirrung zu stiften und es uns so schwer wie möglich zu machen, wird es auf letztere hinauslaufen.«

»Was hat er vor?«

»Ich weiß es doch selbst nicht!« Renard reagierte unwirsch.

Er konnte sich auf Santinis Verhalten keinen Reim machen. Unauffällige Observierung war Aufgabe des Inlandsgeheimdienstes, nicht der Polizei. Atemlos vor Aufregung hatte er schon genug damit zu tun, den ehemaligen Feuchtling nicht aus den Augen zu verlieren, ohne sich selbst dabei völlig zu exponieren. Da konnte er nebenbei nicht noch Gedankenspielchen veranstalten. Das Gegenlicht der vormittäglichen Sonne blendete. Ein Sicherheitsblick über die Schulter, seine Kollegen hingen noch an ihm dran.

»Yves, wo könnte Santini umsteigen?«, fragte seine Ex-Partnerin.

»Kommt auf sein Fluchtziel an. Einer der Flughäfen vielleicht. Dann kämen Gare du Nord oder Châtelet – Les Halles infrage. Aber Gare du Nord könnt ihr streichen. Santini wird kaum so dumm sein, ein zweites Mal an den Tatort zurückzukehren.«

Tinus Geving klang wenig begeistert. »Châtelet – Les Halles. Das ist ein unübersichtliches Labyrinth!«

Sie näherten sich unweigerlich dem stark befahrenen und von Bäumen in der Straßenmitte gesäumten Boulevard de Rochechouart zu Füßen des Montmartre. Renard bekam langsam Panik. Sie waren nur zu dritt unterwegs. Dort würden sie ihn bestimmt verlieren. Doch vor einer Apotheke machte der Kuckuck einen überraschenden Schwenk nach rechts, nicht zu Renards Erleichterung.

»Ziel biegt ab in die Rue du Delta. Barbès – Rochechouart ist definitiv das Ziel«, bestätigte er. Wieso machte er ihnen die Verfolgung derart leicht?

»Zugriffsmöglichkeiten?«, lautete folglich Gevings Frage.

Lieutenant Renard war überfordert. Das hatten sie nie auch nur in irgendeiner Übung durchgespielt.

»Unklar«, antwortete er.

Sie folgten ihm längst durch die Rue du Faubourg Poissonnière. Die stählerne Überführung der Hochbahn in Sichtweite.

Eine andere Stimme schaltete sich ein. »Deputy Director Pedersen hier. Präzisieren Sie!«

Schon standen sie auf einem der verkehrsreichsten Plätze in der gesamten Stadt.

»Das Tati zur einen, die Brasserie Barbès zur anderen Seite. Zu unübersichtlich!«

Angesichts dieser Tatsache konnte Chloé nur davon abraten. »Wir können keine Panik oder sogar eine Geiselnahme riskieren.«

»Wie wollen Sie verfahren?«, bohrte Pedersen nach.

»Weiter verfolgen!«, schlug er vor, während er über eine Fußgängerkreuzung hastete. Bei Rot. Fast wäre er überfahren worden.

Geving schien der gleichen Ansicht zu sein. »Soll er sich vorerst in Sicherheit wiegen.«

Renard gab über Funk einige Befehle ab und bestätigte: »Hängen nach wie vor an ihm dran.«

»Veenstra und ich stoßen mit allem, was wir an Kräften mobilisieren können, in Châtelet – Les Halles dazu«, versprach Chloé. »Dann nehmen wir ihn hoch.«

Wenn sie sich nur nicht täuschten!

Minuten der Ungewissheit.

Endlich stellte Yves Renard erleichtert fest, dass Ghjuvan Francescu Santini nicht zur Hochbahn der Linie 2 hinaufstieg. Er betrat die Station am Eingang Boulevard de la Chapelle Richtung Linie 4 nach Châtelet, Mairie de Montrouge. Er wollte sie in die Tiefen der Metro locken.

Nur zu, dachte Yves Renard, wir sind schließlich keine Amateure.

Linie 4 der Pariser Metro
Zwischen Réaumur – Sébastopol und Étienne Marcel
11:50 Uhr

Es war zum Totlachen. Ein Verfolger im Abstand von zehn bis fünfzehn Metern, zwei weitere Verfolger in größerer Entfernung. Alle zwei bis drei Minuten setzte sich einer von ihnen an die Spitze, der Rest fiel zurück. Sie wechselten sich immer wieder ab, in der Hoffnung, er würde keinen Verdacht schöpfen. Deren Kleidung: unauffällig, milieuangepasst. Zu unauffällig, zu milieuangepasst. Ein Vorgehen wie aus dem Lehrbuch. Das waren keine Profis, sondern Polizeibeamte.

Ihnen stand die Todesangst förmlich ins Gesicht geschrieben. Niemand konnte sich durchringen, die Initiative gegen ihn zu ergreifen, aus Angst um das eigene Leben. Darauf hatte der Kuckuck spekuliert. Sollte er sie etwa an die Hand nehmen? Wenn sie gewusst hätten, dass er unbewaffnet war und keine Gefahr für sie darstellte.

Obwohl, ganz so unbewaffnet war er nicht. Er schaltete sein Convertible ein. Mit Befriedigung sah er, dass das von ihm programmierte Spionagetool noch immer nicht entdeckt worden war.

Sie planten vermutlich, ihn beim nächsten Umstieg festzunehmen. Sie meinten, die Schlinge um seinen Hals zöge sich zu. Er musste schmunzeln.

Der Wurm befand sich nach wie vor im Schlummermodus. Eine Lautsprecherdurchsage im Abteil kündigte den nächsten Halt an. Der Kuckuck gab den Aktivierungsbefehl. Zeit, einen letzten Tanz mit dem Staat zu wagen, der ihm mittlerweile so fremd war.

Europol-Hauptquartier
Eisenhowerlaan 73
Den Haag
11:53 Uhr

Die Jugend ist zu optimistisch, dachte Tinus Geving. Auf den aus Paris überspielten Bildern verfolgte er, was Yves Renard nicht sehen konnte und was auch seinen beiden Kollegen – die das DRPJ vor Kurzem eilig verlassen hatten – entging: Santini grüßte knapp in eine der Überwachungskameras.

»Was hast du vor?«, fragte Geving leise, als er sich vorbeugte.

Nur für einen Augenblick verließ Laurits Pedersen das Lagezentrum, um seinen Vorgesetzten ins Bild zu setzen. Dieser kurze Augenblick reichte völlig.

Geving hatte ein neues Problem. Patrice Jacques de Bonquier hatte im DRPJ das Kommando übernommen und gab unsinnige Anweisungen.

»Herrgott! Könnte jemand diesen Mann zum Schweigen bringen?«, forderte Chloé Lambert von irgendwo unterwegs.

»Das habe ich gehört, Lieutenant«, gab Bonquier patzig zurück. Offensichtlich hatte er nur darauf gewartet, dass seine ehemalige Ermittlerin das Gebäude verließ.

»Er möchte Santinis Festnahme persönlich leiten«, beantwortete Geving die stumme Frage des Deputy Director, der gerade zurückgekehrt war. »Ich habe versucht, das zu klären, aber er sagte, das letzte Mal, als er aus dem Fenster gesehen habe, habe Paris noch nicht unter fremder Besatzung gestanden.«

»Reizend, überaus reizend.« Pedersen versuchte einzulenken. »Monsieur le Sous-Directeur, falls Ihnen die Spielregeln entfallen sind, das ist eine Europol-Operation.«

»Auf französischem Boden! Sie können uns nicht behandeln, als wären wir Luft. Noch dazu, wo Sie es nicht hinbekommen, einen FLNC-Terroristen dingfest zu machen.«

Geving hatte keinerlei Interesse an diesem kindischen Gezänk.

Er widmete sich Santinis Verfolgern. »Seid ihr noch an ihm dran?«

»Ziel sitzt seelenruhig in der Metro«, bestätigte Renard.

Wie aufs Zeichen ertönte im Hintergrund die Stationsdurchsage »Châtelet«.

In diesem Moment passierte es. Erst leise, dann vernehmlich ertönte das Bassmotiv, eine zweitaktige Passacaille in c-Moll, bevor die Sängerin einem lasziv ins Ohr zu flüstern schien.

»Oh ma douce souffrance
Pourquoi s'acharner tu recommence?
Je ne suis qu'un être sans importance
Sans lui je suis un peu paro
Je déambule seule dans le métro ...«

O du mein süßer Schmerz
Warum kommst du so erbarmungslos wieder?
Ich bin nur ein Wesen ohne Bedeutung
Ohne ihn bin ich ein wenig paranoid
Ich laufe ziellos allein durch die Metro ...

Auf den Bildschirmen war Paris zu sehen. Es war allerdings nicht das Paris, das alle Beteiligten sehen wollten.

»Was geht da vor sich?«, fragte Laurits Pedersen ungehalten. »Schalten alle Überwachungssysteme um diese Zeit auf *MCM Top* um?«

»Der Mann ist Profi, was haben Sie erwartet?« Geving hatte schnell erfasst, was da vor sich ging. »Er spielt mit uns.«

Bonquier konnte nur bestätigen, was bereits alle wussten. »*Unsere Systeme wurden kompromittiert*«

Angesichts der Situation wirkten die Liedzeilen ungewollt komisch.

»Que d'espérance
Sur ce chemin en ton absence
J'ai beau trimer, sans toi ma vie n'est qu'un décor qui
brille
Vide de sens ...«

Gibt es überhaupt Hoffnung
Auf diesem Weg, seit du weg bist?
Ich plage mich noch so sehr
Ohne dich ist mein Leben nur eine Fassade, die glänzt,
leer, ohne Sinn ...

Amüsiert zitierte Olaf Bergnaar Svartkamp die Zeile eines norwegischen Gedichts. »*Der Kuckuck ruft in den Weiten.*«

Geving funkelte ihn grimmig an. »Nein, sein letzter Tanz. Ich glaube, ich weiß, was er vorhat. Santini führt uns zu den Hintermännern. Er will seine Auftraggeber verraten!«

»Dans tout Paris, je m'abandonne
Et je m'envole, vole, vole ...«

Bin ich in Paris ganz verloren
Und ich fliege davon, fliege, fliege ...

»Lieutenant Lambert«, teilte Geving über Funk mit, »versuchen Sie auf keinen Fall, ihn festzunehmen Einfach weiter an ihm dranbleiben.«

»*Wird gemacht*«, bestätigte sie.

Von irgendwoher ein Alarmsignal. »Wo ist das? Piet, ist das bei euch?«

Im Hintergrund war eine automatisierte Durchsage zu vernehmen. »*Sehr geehrte Fahrgäste, die Station wird evakuiert. Bitte begeben Sie sich umgehend zu den gekennzeichneten Notausgängen. Bewahren Sie Ruhe, und befolgen Sie alle Anweisungen.*«

»*Wo hat Europol uns da hineingeritten?*«, entrüstete sich Bonquier.

»*Sie haben uns da reingeritten*«, fauchte Chloé Lambert. »*Sie und Ihre Inkompetenz!*«

Pedersen wollte jede weitere Eskalation verhindern. »Herrschaften, das reicht! Niemand von uns hat sich bisher mit Ruhm bekleckert. Lieutenant Lambert, wie ist die Lage vor Ort?«

Vereinzelte panische Rufe verrieten, dass die Nerven der Pariser Bevölkerung mal wieder blank lagen.

»*Nicht gut. Alles kommt uns entgegen. Keinerlei Sichtkontakt zum Ziel.*«

»*Keine Sorge, ich habe ihn im Auge*«, korrigierte Renard. »*Ich weiß, wohin er will.*«

Gare de Châtelet – Les Halles
Paris
12:02 Uhr

Langer Gang, Treppe rauf, kurzer Gang, Treppe runter, langer Gang, scharfe Biegung nach rechts.

Haussmann mochte große Teile dieser Stadt am Reißbrett entworfen und mit der Umsetzung seiner Fantasien ganze Staatshaushalte verbrannt haben. Doch der Geruch an diesem Ort – in den Katakomben des Empire – konnte nicht verbergen, worauf Paris errichtet wurde. Dies waren nicht die viel gepriesenen elysischen Felder, dies war der Marais – ein Sumpf.

Chloé Lambert zeigte sich auch nach Jahren noch erstaunt über den unsäglichen Schmutz in den Metrostationen. Hier war seit der Eröffnung nicht mehr richtig sauber gemacht worden, falls es jemals sauber gewesen war. Selbst in der kühlen Jahreszeit hielt sich die modrig faulig stickige Luft. Über allem eine dezente Note von Kloake.

Von den türmenden Menschenmassen zeigten sich die eigentlichen Herrscher des Untergrunds unbeeindruckt: Ratten! Sie waren bei diesem Wetter besonders guter Dinge. Chloé wurde daran erinnert, dass Paris von mindestens ebenso vielen Ratten bewohnt wurde wie von Parisern. Sie gehörten zum süßlich morbiden Charme von la ville lumière.

Nach etwa einem halben Kilometer hatten sich Chloé und Veenstra zu Renard durchgekämpft, als die Funkdurchsage kam.

»Ziel betritt Les Halles.«

Wenig später waren sie vor Ort und stellten fest, dass in diesem Teil der Station jeglicher Passagierverkehr seinen gewohnten Gang nahm. Grotesk.

»Haben Sichtkontakt«, gab Yves Renard durch. »Ziel begibt sich zum RER, Linie B. Charles-de-Gaulle …«

»Wir sollten prüfen, an welcher Station wir den Zug aus dem Verkehr ziehen können«, forderte Patrice Jacques de Bonquier. *»Bis zum Flughafen lassen wir ihn keinesfalls gewähren.«*

Sie schafften es gerade noch in den abfahrbereiten Zug.

»Wollen Sie eine weitere Panik riskieren? Der Zug ist voll besetzt!«, lehnte Chloé Bonquiers Vorschlag ab.

Der hatte keine seiner Zurechtweisungen parat, er wirkte zu abgelenkt. »*Könnte jemand dieses unsägliche Gedudel abstellen?*« Die Endlosschleife des »letzten Tanzes« verstummte tatsächlich. »*Wenigstens etwas, das wir im Griff haben.*«

Europol-Hauptquartier
Eisenhowerlaan 73
Den Haag
12:04 Uhr

Alle Kameras zeigten wieder die üblichen Bilder, als wäre nichts gewesen. Für Tinus Geving keineswegs ein Zeichen der Entwarnung. Santini spielte mit ihnen. Er demonstrierte, dass er sie zu jeder Sekunde in der Hand hatte. Langsam gelang es Geving, das Vorgehen des Kuckucks zu entschlüsseln. Der ehemalige Geheimagent agierte im klassischen Drei-Akt-Schema. Erster Akt – Exposition: Er schlüpfte durchs Netz der Polizei. Zweiter Akt – Konfrontation: Er stiftete maximale Verwirrung. Dritter Akt – Auflösung: Geving befürchtete, dass sich Santini das Beste für den Schluss aufhob. Was konnte da noch kommen?

Die Frage blieb nicht lange unbeantwortet. Die Antwort sollte allen Beteiligten das volle Ausmaß ihrer Ohnmacht vor Augen führen. Unaufgefordert spielte sich eine Audiobotschaft ab, die Stimme technisch verfremdet.

»Grüße an meine diskreten Begleiter von der Pariser Polizei und ein freundliches Hallo an unsere Gäste in Den Haag.

Ich weiß, Sie alle machen nur Ihren Job. Sie sollten sich allerdings vor Augen führen, dass ich meinerseits auch einen Job zu erledigen habe. Es ist nichts Persönliches.

Wahrscheinlich versuchen Sie gerade sehr bemüht herauszufinden, wo Sie mich zu fassen kriegen. Ich hingegen frage mich besorgt, ob Sie es überhaupt versuchen sollten.

Zur Klärung habe ich ein paar Zahlen für Sie. Zahlen und Statistiken helfen bekanntlich bei der Entscheidungsfindung.

Ist Ihnen bekannt, dass beide Pariser Flughäfen im letzten Jahr siebenhundertachtundvierzigtausend Flugbewegungen verzeichnet haben? Das sind, grob gerundet, zweitausend Flugbewegungen am Tag, dreiundachtzig in der Stunde. In genau diesem Moment warten zwanzig Flugzeuge auf ihre Start- oder Landeerlaubnis. Bei einer eher durchschnittlichen Belegung an Bord der zwanzig Flugzeuge sprechen wir von sechstausend Passagieren.

Mittlerweile werden Sie es festgestellt haben, diese sechstausend Passagiere befinden sich in meiner Gewalt. Der technische Fortschritt erlaubt mir den uneingeschränkten Zugriff auf die komplette Flugverkehrskontrolle.

Sie könnten Ihre Zeit darauf verwenden, mir die Kontrolle zu entziehen, aber Sie sind professionell genug, um zu wissen, dass Sie es nicht rechtzeitig schaffen würden. Zeit ist ein Luxus, über den Sie nicht verfügen.

Bleibt daher die simple mathematische Frage der Abwägung: meine Person gegen das Leben sechstausend Unschuldiger, die noch das Ende dieses Tages erleben wollen, und die Unversehrtheit von zwei Komma drei Millionen Parisern natürlich ... Nicht auszudenken, was passieren würde, sollte sich über der Stadt eine Kollision ereignen. Momentan hat die Pariser Polizei beim Schutz ihrer Bürger doch einigen Nachholbedarf.

Da ich bereits zu wissen glaube, wie Ihre Antwort ausfallen wird, bleibt mir nichts weiter, als Ihnen einen schönen Tag und alles Gute zu wünschen. Wir werden uns wiedersehen, nicht wahr, Kriminalhauptkommissar Geving?«

Der Schock der Anwesenden saß tief. Man hätte eine Stecknadel auf den Boden fallen hören können. Alles schaute mit gebanntem Blick auf Tinus Geving.

»Woher weiß er das?«, fragte der immer noch anwesende Thijs de Groot verängstigt.

Laurits Pedersen bemerkte, was vor sich ging, und stellte sich ohne Zögern hinter seinen Ermittler. »Santini ist Geheimdienstler, schon vergessen? Möglich, dass auch unsere Systeme infiltriert wurden.«

»Das mit der Flugsicherung ist kein leerer Bluff?«, hakte de Groot nach.

»Ich befürchte nicht«, antwortete der Leiter des DRPJ. *»Bestätigung vom Transportministerium. Orly und Charles-de-Gaulle haben einen Eindringling.«*

»Können die ihn nicht abschalten?«

»Bei einem Ziel, das sich bewegt, de Groot? Null Chance«, widersprach Piet Veenstra.

»Geving, ich bin ratlos«, gestand der Deputy Director. »Irgendeine Ihrer genialen Ideen käme jetzt nicht ungelegen. Vorschläge?«

Tinus Geving erörterte die Ausgangslage. Santini wusste, dass er bei dem Mordanschlag auf Erik-Sondre

Bondevik nicht unentdeckt geblieben war. Anstatt sich rechtzeitig seiner bevorstehenden Aushebung zu entziehen, hatte er geradezu darauf gewartet, dass Europol die Spur zu ihm aufnahm. Wozu ein solches Risiko eingehen? Auch machte er sich nicht die Mühe, seine Verfolger abschütteln zu wollen. Nur seiner bevorstehenden Festnahme beugte er vor. All das führte ihn zu dem Schluss, dass Santini noch nicht fertig war. Wie sagte er, er hatte auch einen Job zu erledigen. Konnte es sein, dass er Europol bewusst zu seinen Auftraggebern führen wollte?

»Zum FLNC?«, fragte Laurits Pedersen perplex. »Ein Seitenwechsel auf die letzte Minute?«

Geving hob die Schultern. »Wissen wir denn, ob die es wirklich waren? Bisher haben wir nur einen Verdacht, basierend auf Informationen des DGSE. Können wir diesen Informationen trauen? Warum geben die sich so kooperativ? An deren Stelle hätte ich Santinis Existenz vertuscht und unsere Ermittlungen blockiert. Es liegt nicht in ihrem Interesse, eingestehen zu müssen, dass einer ihrer Agenten die Seiten gewechselt hat. Im Gegenteil, es würde sie massiv beschädigen.«

»Das ist ein ziemlicher Schuss ins Blaue, mein Lieber«, fand Pedersen. »Aber besser als alles, was wir bisher haben. So wie ich es sehe, können wir nur abwarten. Santini hat uns so oder so in der Hand.«

Es blieb nichts anderes übrig, als der Drohung des Kuckucks klein beizugeben. So verging fast eine halbe Stunde, eine halbe Stunde, in der Santini seine Verfolger genüsslich zur Untätigkeit verdammte. Angespannte Stille. Sogar Patrice Jacques de Bonquier war verstummt.

Schließlich der erlösende Moment. Station Aéroport Charles-de-Gaulle 2 TGV.

»Santini steigt aus«, meldete Chloé Lambert. *»Weiter dranbleiben?«*

»Lassen Sie höchste Vorsicht walten«, bat Geving.

»Vorsicht? Wozu?« Bonquier hatte eine entschieden andere Meinung. *»Irgendwann muss das ein Ende haben!«*

Geving und der Deputy Director tauschten genervte Blicke aus. Beide hatten für den eitlen Schreibtischhengst nur noch Kopfschütteln übrig.

»Ziel verlässt Bahnhof und nimmt Rolltreppe nach Terminal zwei-F«, informierte Chloé Lambert.

»Schengen-Flüge, richtig?«, nahm Geving an.

»Richtig.«

Olaf Bergnaar Svartkamp nahm ihn beiseite und sagte leise zu ihm: »Gleich ist der Punkt erreicht, an dem es für Santini nicht mehr weitergeht.«

Piet Veenstra übermittelte den aktuellen Status. *»Ziel betritt Terminal zwei-F auf Ebene zwei und geht zügig zum Check-in.«*

Geving überlegte hektisch. Svartkamp hatte recht, sie kamen dem unvermeidlichen Ende mit jedem Schritt, den Santini tat, näher. Er dachte an die sechstausend Menschen. Der Kuckuck musste wissen, dass es kein Entrinnen für ihn geben würde. Es sei denn ... Santini hatte *auch* einen Job zu erledigen.

»Die Auftraggeber ... Welche Flüge gehen nach Oslo ab?«, fragte er Piet aus einem Geistesblitz heraus.

»Einen Moment. Ja! Air France, *Flug eins-drei-sieben-vier, ab dreizehn Uhr fünfunddreißig. Das Boarding hat bereits begonnen.«*

»Nach Oslo?« Svartkamp wirkte überrascht. »Ich kann mir schwer vorstellen, dass wir ihn ins Land lassen.«

»Dann sollten Sie jetzt Himmel und Hölle in Bewegung setzen«, erwiderte Geving. »Wenn die ihn nicht reinlassen, gibt es Tote. Möchte Ihre Regierung das riskieren?«

Der Norweger verstand, zog sich zurück und griff zum Telefon.

Patrice Jacques de Bonquier schien das Risiko nicht zu kümmern. Er lachte. *»Jetzt machen wir den Sack zu. An alle Einheiten: Das Ziel ist im Auftrag des DRPJ sofort festzunehmen!«*

»Sind Sie bescheuert?«, schrie Chloé Lambert.

Laurits Pedersen zögerte keine Sekunde. »An alle Einheiten: Der Befehl ist widerrufen! Ich wiederhole: Befehl widerrufen! Dies ist eine Europol-Operation. Kooperieren Sie mit den anwesenden Beamten!«

Bonquier schrie nun. *»Sie wagen es, Pedersen! Er entwischt uns!«*

»Wollen Sie sechstausend Menschen zum Tod verurteilen, Sie Rindvieh? Ist Ihnen das Ihr persönlicher Ehrgeiz wert?«

»Es gibt für Santini keinen Ausweg mehr!«

Kurzes Nicken von Svartkamp ...

»Doch, die norwegischen Behörden lassen ihn ins Land«, widersprach Geving.

»Das ist keine rein französische Angelegenheit«, fuhr Pedersen fort. »Halten Sie sich zurück, oder ich lasse Sie, ohne mit der Wimper zu zucken, von Ihren eigenen Beamten festnehmen.«

»O ja, bitte!« Chloé Lambert konnte sich einen Anfall von Ehrlichkeit nicht verkneifen.

Bonquier blieb stur. *»Und Santini mit Geheiminformationen entkommen lassen? Nichts da!«*

Bisher war Laurits Pedersen die Ruhe selbst gewesen, jetzt wurde er laut. »Das ist nicht unser Problem! Wir ermitteln in einem Mordfall. Das ist meine letzte Warnung: Kooperieren Sie, oder tragen Sie die Konsequenzen!«

Patrice Jacques de Bonquier musste den Rückzug antreten. *»Das wird Sie Ihren Kopf kosten, Pedersen!«*

»Stellen Sie sich besser hinten an. Die Schlange derer, die mir das bisher angedroht haben, ist lang.«

Chloé Lambert hatte einen neuen Informationsstand. *»Santini ist jetzt an der Polizeikontrolle.«* Bange Augenblicke des Wartens. *»Alles klar, er kann passieren.«*

Eine Durchsage im Hintergrund. *»Letzter Aufruf für Air France, Flug eins-drei-sieben-vier nach Oslo. Begeben Sie sich zu Gate F-fünf-vier. Das Boarding wird in Kürze beendet.«*

»Santini betritt das Flugzeug. Das war's, Ziel ist an Bord. Wir sind raus.«

»Und wir sind im Spiel«, übernahm Geving.

Pedersen nickte. »Der nächste Flug nach Oslo ist Ihrer, meine Herren. Wir werden hier versuchen, die Vorfälle des Tages in den Medien als Übung runterzuspielen. Wünsche gute Jagd!«

Zum Abschluss sah Tinus Geving auf die zahlreichen Standaufnahmen des Kuckucks. »Was möchtest du mir zeigen?«

Teil II – Cloud of Unknowing

»Sie schon wieder. Was ist?«

»Er ist hier.«

»Er ist hier! Seit wann?«

»Gestern Nachmittag mit dem Flug aus Paris eingetroffen.«

»Sie werden nachlässig. Das sollte nicht passieren.«

»Ich habe Sie von Anfang an gewarnt. Unabhängige Auftragnehmer ...«

»Ihr Problem, Sie haben ihn ausgewählt! Sie hätten besser auf ihn achtgeben sollen. Ein Fehler. Wir tolerieren keine Fehler.«

»Ich habe das geklärt. Er befindet sich in unserer Obhut. Die haben keine Spur von ihm.«

»Sorgen Sie dafür, dass es so bleibt! Und keine weiteren Fehler.«

»Jawohl, Herr General.«

Den høyere påtalemyndighet
Stortorvet 2
Oslo
11:00 Uhr

Scheiße, ist das kalt! Noch hielt der Winter Norwegens Hauptstadt in eisigem Klammergriff. Die Temperaturen lagen bei minus fünf Grad Celsius. Ein Westfale wie Tinus Geving war für solche Temperaturen nicht gemacht. Seinem norwegischen Pendant Olaf Bergnaar Svartkamp schien all das nichts auszumachen. Bei Schnee und Eis waren Skandinavier erst so richtig in ihrem Element. Geving bekam noch schlechtere Laune.

Schlecht gelaunt war er schon gewesen, bevor er überhaupt norwegischen Boden betreten hatte. Üble Neuigkeiten! Zwar hatte man Ghjuvan Francescu Santini ins Flugzeug steigen sehen, die Polizei am Osloer Flughafen Gardermoen konnte allerdings nicht bestätigen, dass der Kuckuck es auch wieder verlassen hatte. Wie war so etwas denkbar? Möglichkeiten sah Geving so einige. Jede einzelne bedeutete, dass die Sache »Bondevik« weitere Beteiligte kannte.

Svartkamp und er hatten während des Flugs Zeit genug gehabt, die Ereignisse der vergangenen Tage Revue passieren zu lassen. Die überschnelle Bereitschaft des französischen Auslandsnachrichtendienstes, den FLNC für verantwortlich zu erklären, sorgte für Stirnrunzeln. Warum fehlte – anders als bei Aktionen der *Befreiungsfront* üblich – bisher jedes Bekennerschreiben? Geving hatte die Geschichte der europäischen Untergrundbewegungen intensiv studiert. Er wusste, dass sie in der Regel mit dem moralischen Anspruch handelten, keine »Unschuldigen« zu eliminieren. Worin bestand die Schuld von Erik-Sondre Bondevik? Welches Verbrechens hatte er sich schuldig gemacht? Er hatte gegen einen globalen Ölkonzern ermittelt. Aus Sicht der linksgerichteten Separatistenbewegung ein Unterfangen, das Unterstützung verdient hätte. Noch dazu von einer Organisation, die seit Ende der 1980er-Jahre ein Schattendasein führte. Sollte sie wirklich wieder in den aktiven Kampf eingetreten sein? Oder zweigten deren Sympathisanten Geld von *NorskOil*-Konten ab, um den bewaffneten Kampf zu finanzieren? Eine weit hergeholte Theorie.

Von Geving wurde die Quadratur des Kreises erwartet. Seine einzige Hoffnung bestand darin, dass sich Santini irgendwann zu erkennen gab. Daran, dass er sich in Norwegen befand, konnte kein Zweifel bestehen. Bis dahin stand Geving blöd da, was an einem so erfolgsverwöhnten Menschen wie ihm nagte.

Die Sache wurde auch dadurch nicht besser, dass er und Svartkamp zur obersten Anklagebehörde Norwegens im Stadtzentrum von Oslo, in direkter Nachbarschaft zur Domkirche, zitiert wurden. Tinus Geving hielt sich für einen selbstbewussten Mann, doch Treffen mit Leuten, die noch selbstbewusster zu sein schienen als er, waren ihm nicht geheuer.

Da standen sie zum persönlichen Rapport beim Generaldirektor der obersten Anklagebehörde, Riksadvokat Storm Thingnes Lyngstad. Der Mann war um einiges älter als Geving, er hatte die sechzig schon überschritten. Hohe Stirn, Geheimratsecken, die ihm ein napoleonisches Aussehen verliehen. Das volle Haar allenfalls an den Schläfen ein wenig angegraut. Buschige Brauen, Hakennase, ein über die Halbgläser seiner Lesebrille fixierender Adlerblick, der auf beunruhigende Weise weder Sympathie noch Antipathie verriet. Diesem Mann trat man besser nicht auf die Füße. Geving hatte nicht den blassesten Schimmer, was sie hier sollten und was sie zu präsentieren hatten außer einem Rückschlag.

Lyngstad machte sich nicht einmal die Mühe, ihnen Plätze anzubieten. Das war ein Rapport!

»Die Herren Svartkamp und Geving. Nun denn, ziemlich dumm, das Ganze.«

Lyngstads Tonfall verriet, er war auf Einschüchterung aus. Geving hielt es für das Beste, in die Gegenoffensive zu gehen.

»Herr Riksadvokat, wir würden lieber zur Tat schreiten. Ich hätte erwartet, mit Ihren Kollegen bei Økokrim sprechen zu können.«

»Ihre Ermittlungen haben mit deren Arbeit nichts zu tun.«

Der Riksadvokat hatte offenbar nicht sonderlich viel für die Wirtschaftsermittler übrig. Geving sah hier kostbare Zeit verschwendet und entschied sich für einen diplomatischen Warnschuss.

»Ich kann mich natürlich täuschen, aber ermittelt Økokrim nicht unabhängig von Ihrer Behörde?«

Die schmalen Mundwinkel des Chefanklägers verzogen sich nach oben. War er nur belustigt, oder würde er ihn gleich zerfleischen?

»Herr Geving, es wäre besser gewesen, Sie hätten diesen Santini in Frankreich gestoppt, als Sie die Gelegenheit dazu gehabt haben! Jetzt werden wir in etwas hineingezogen, womit wir überhaupt nichts zu tun haben.«

Geschickt pariert.

Geving gab sich nicht geschlagen. »Der Tod eines norwegischen Sonderermittlers betrifft Sie nicht? Nicht einmal ein kleines bisschen?«

Die Mundwinkel wanderten wieder nach unten. »Lassen wir die Spitzfindigkeiten. Erik-Sondre Bondevik wurde auf europäischem Boden von einem Franzosen mit Verbindungen zu einer korsischen Untergrundorganisation ermordet. Das ist Ihr Verdacht! Es läge also ein Kapitalverbrechen vor, das Sie unter allen Umständen bereits hätten aufklären müssen.«

»Herr Riksadvokat, wie sollte das gehen? Ihnen ist bekannt, welches Chaos der Kuckuck in Paris angerichtet hat. Es gab keine andere Möglichkeit, als ihn ziehen zu lassen«, verteidigte Olaf Bergnaar Svartkamp Geving.

»Mag sein. Aber wie konnte es überhaupt so weit kommen, dass ein norwegischer Staatsbürger vor tödlichen Nachstellungen nicht sicher gewesen ist? Wer hat da versagt? Fragen, die sich meine Regierung stellt. Noch stellen sie sich leise.«

Geving hob eine Braue. »Noch?«

»Es hängt von Ihrem weiteren Vorgehen ab. Sie haben doch einen Plan, oder?« Lyngstad konnte wahrlich schmerzhafte Schläge austeilen.

»Ghjuvan Francescu Santini ist viel zu gerissen, als dass er sich ohne Not auf dieses Räuber-und-Gendarm-Spiel hätte einlassen müssen«, brachte Geving ein. »Wir denken, dass er uns zu den Drahtziehern hinter diesem Anschlag führen möchte.«

»Sie denken?«

Zeugte Lyngstads Frage von Interesse, oder war sie nur ein weiterer Ausdruck von Hohn und Spott?

»Das wäre unsere Schlussfolgerung.«

»Wissen Sie«, sagte der Riksadvokat, »ich kenne Ihren Vorgesetzten Laurits Pedersen und respektiere ihn. Hätte er mir nicht versichert, seinen fähigsten Ermittler zu schicken, ich hätte mich wohl kaum darauf eingelassen.« Dem Lob folgte die Warnung auf den Fuß. »Mein Entgegenkommen hat Grenzen. Sie haben achtundvierzig Stunden, zwei Tage, um diesen Mann zu finden und dingfest zu machen.«

»Das wird kaum ausreichen!«, begehrte Svartkamp auf.

Der Protest prallte an Lyngstad ab. »Finden Sie diesen Mann, oder wir erledigen das.«

Angesichts dieses Ultimatums bat Geving darum, offen sprechen zu dürfen.

Der Riksadvokat lachte müde. »Ihr Ruf eilt Ihnen voraus, Geving. Man hat mich vor Ihrer Hartnäckigkeit gewarnt.« Er ließ ihn gewähren.

»Wenn Sie Santini fassen und das als Ihren Ermittlungserfolg verkaufen, kommt das Ihrer Regierung ganz gelegen. Es lenkt von Bondeviks Ermittlungen ab. Ihre Wirtschaft hängt an den Einnahmen aus dem Öl- und Gasgeschäft wie ein Junkie an der Nadel.«

Sekundenlanges Schweigen.

Lyngstad machte sich bereit für eine Entgegnung. Schließlich beugte er sich vor. »Machen wir uns nichts vor, Europa steht vor der Zerreißprobe. Das Vertrauen in europäische Behörden ist bereits beschädigt, Ihnen muss ich das nicht sagen. Europol ist auf die Kooperation mit Staaten wie Norwegen angewiesen. Es ist doch klar, wer hier wen in der Hand hat. Achtundvierzig Stunden und keine Sekunde länger.«

Damit war das Gespräch beendet.

Geving brauchte Luft. Die Kälte war ihm jetzt einerlei. Frostiger als in Lyngstads Büro konnte es ohnehin nicht mehr werden.

»Das lief ja super.« Der Puls raste.

Svartkamp war weiterhin die Ruhe selbst. »Lyngstad war von Ihnen beeindruckt.«

»In welcher Besprechung waren Sie denn?«

»Glauben Sie mir. Die sind höchst alarmiert. Der Riksadvokat hätte Sie nicht so reden lassen, wüsste er nicht genau, dass Sie auch was zu sagen haben. Immerhin, Sie haben es überlebt. Die meisten, die sein Büro betreten, kommen einen Kopf kürzer wieder heraus.«

Geving kam sich zwei Köpfe kürzer vor. Aber zurück zum Geschäft.

»Wir haben doch einen Plan, oder?«, wollte Svartkamp wissen.

»Ich arbeite gerade an einem.« Er fand, dass es an der Zeit für weit hergeholte Theorien war. »Reicht unsere Autorität, um in einer Konzernzentrale aufzutauchen und Fragen zu stellen?«

»Mit Sicherheit. Lyngstads Gesicht möchte ich sehen.«

»Der ist mir schnuppe. Abgesehen von Santini ist *NorskOil* unser einziger Ansatzpunkt. Ich wette, was immer da vorgeht, steht mit Bondeviks Tod in Zusammenhang.«

NorskOil
Konzernzentrale
Filipstadveien 27
Oslo
16:21 Uhr

Solveig Arctander, die Vorstandsvorsitzende von *NorskOil,* empfing sie in der Konzernzentrale in Tjuvholmen, einem modernen Geschäfts- und Wohnviertel im Osloer Hafengebiet unweit des Stadtkerns, wo diverse Weltkonzerne ihre europäischen Dependancen unterhielten. Für Tinus Geving und Olaf Bergnaar Svartkamp war es einfacher gewesen als gedacht, einen Termin bei ihr zu bekommen. Beinahe war es, als hätte man dort die Ankunft des Europol-Ermittlers und seines norwegischen Kollegen bereits erwartet.

Die CEO von *NorskOil* bestach durch ihr gutes Aussehen. Schulterlange hellblonde Haare und eisblaue Augen unterstrichen ihre Eleganz. Geving hegte tiefen Respekt vor Frauen in Führungspositionen. Es war an der Zeit, den testosterongesteuerten Mief der letzten Männerdomänen zu durchbrechen.

Einer sah es dem Vernehmen nach anders. Magnus Lindhjem, als Vorstandsmitglied für die Wirtschafts- und Finanzkontrolle von *NorskOil* zuständig, fuhr seiner Chefin über den Mund, ehe sie einige Worte der Begrüßung finden konnte.

»Ich wüsste, ehrlich gesagt, nicht, was wir miteinander zu besprechen hätten. Wir kooperieren in vollem Umfang mit Økokrim. Das wissen Sie genau!«

Da wo Geving herkam, bezeichnete man ein solches Verhalten als »schlechten Stil«. Zumindest zeugte es nicht von einer sonderlich guten Kinderstube.

»Es macht Ihnen sicher nichts aus, uns den genauen Umfang Ihrer Kooperation mit Økokrim darzulegen«, erwiderte er.

Lindhjem dachte überhaupt nicht daran. »Sie sollen den Tod des bisher zuständigen Sonderermittlers aufklären. Mit uns hat das nichts zu tun!«

»Es reicht jetzt«, gebot Solveig Arctander ihrem Untergebenen zu schweigen. »Kriminalhauptkommissar Geving ist bei Europol für Terrorismusabwehr und Finanzermittlungen zuständig.« Sie bemerkte sein Erstaunen. »Jawohl, ich habe mich informiert. Bitte stellen Sie Ihre Fragen.«

»Wir wissen, dass Erik-Sondre Bondevik gegen Ihr Unternehmen wegen des Verdachts auf Steuerhinterziehung ermittelte«, begann er. »Solche Ermittlungen sind immer ein Politikum, speziell in Norwegen. Zumindest liegt da der Verdacht nahe, dass die Ermittlungen mit seinem Ableben in Zusammenhang stehen könnten.«

»Sie wollen wissen, ob wir es waren?«, fragte Solveig Arctander direkt.

»Ganz platt gesagt, ja.«

Sie lächelte äußerst rätselhaft. »Bondevik hat nicht gegen unser Unternehmen ermittelt.«

Geving glaubte sich verhört zu haben. »Wie bitte?«

»Bringen wir etwas mehr Licht in die Sache.« An ihren Untergebenen gewandt sagte sie: »Magnus, wir sollten Henning Mikkalsen hinzuziehen.«

Lindhjem stellte sich quer. »Mikkalsen ist im Ausland!«

»Sofort!«, befahl Solveig Arctander.

Lindhjem schien innerlich zu kochen. Offenbar konnte er sich nicht damit abfinden, Befehle von einer Frau entgegenzunehmen. Dennoch blieb ihm nichts anderes übrig, und er lief hinüber zu Solveig Arctanders Schreibtisch ans Telefon.

Geving verstand nicht. »Wer ist Henning Mikkalsen?«

»*East African Development Company*, kurz EADC«, gab die CEO Auskunft.

Magnus Lindhjem bedeutete mit einem knappen Kopfnicken widerwillig, dass die gewünschte Verbindung stand.

»*Guten Tag, Solveig*«, kam die Begrüßung vom anderen Ende der Leitung.

»Sind Sie wieder auf dem Weg nach Asmara?« Die Vorstandsvorsitzende nahm mit keiner Silbe Bezug darauf, dass mitgehört wurde.

»Die Gespräche ziehen sich hin. Mein Flug geht in ein paar Minuten. Gibt es ein Problem?«

»Ich mache es kurz. Wie hoch war der Gesamtumsatz der EADC im letzten Jahr vor Steuern?«

»Umgerechnet rund eins Komma sieben fünf Milliarden Euro.« Mikkalsen klang ungeduldig.

Solveig Arctander machte sich weiterhin nicht die Mühe, ihren Gesprächspartner aufzuklären. »Davon wurden versteuert?«

»Vierhundertneununddreißig Komma sechs Millionen Euro. Steht alles in unserem Geschäftsbericht. Wieso?«, lautete die genervte Frage.

»Ach, nichts. Nur zu meiner persönlichen Erinnerung. Viel Erfolg noch!« Sie legte auf.

»Ich fürchte, ich verstehe immer noch nicht«, gestand Geving.

Solveig Arctander erklärte, dass es sich bei der EADC um eine Tochtergesellschaft handle, die sich auf die Neuexploration von Öl- und Gasvorkommen am Horn von Afrika spezialisiert habe. Bei Geving fiel der Groschen. Wenn dieser Henning Mikkalsen auf dem Weg nach Asmara war, konnte es nur bedeuten, dass Norwegen Geschäfte mit Eritrea machte. Da *NorskOil* nicht damit in die Schlagzeilen geraten wollte, sich einem unappetitlichen Regime anzudienen, arbeiteten sie unter dem Wahrnehmungsradar, mithilfe der EADC.

»Pecunia non olet«, kommentierte er kopfschüttelnd. »Geld stinkt nicht.«

Solveig Arctander musste schmunzeln. »Welche Ungerechtigkeit diesen Worten widerfahren ist. Dabei wollte der römische Kaiser Vespasian seinen Sohn Titus lediglich von den Vorzügen einer Latrinensteuer überzeugen. Sie sehen, es ist komplex.«

Geving lächelte. »Erklären Sie es uns. Wir haben alle Zeit der Welt.«

Von wegen, in weniger als zwei Tagen mussten sie Ergebnisse vorweisen.

Sie atmete tief durch, überlegte. Schließlich schilderte sie ihnen die Lage, in der sich ihr Unternehmen befand. Die Wirtschaftskrise hatte Norwegen weit schlimmer im Griff als gemeinhin angenommen. Der anhaltende Ölpreissturz sorgte für eine seit nunmehr drei Jahren andauernde Rezession. Ein Ende war ihrer Meinung nach vorerst nicht in Sicht. Achtzig Prozent der Staatseinnahmen stammten aus dem Öl- und Gasgeschäft. Der Anteil ihres Unternehmens an Unternehmenssteuern war zuletzt auf fünfzehn Milliarden Euro gefallen. Die Rezession hatte fast dreißigtausend norwegische Arbeitsplätze vernichtet, die Arbeitslosenquote lag bei sechs Prozent. Jetzt entpuppte sich das staatliche Wohlfahrtssystem mangels Einnahmen als Fluch. Wenn es so weiterging, wäre nach internen Berechnungen von *NorskOil* der komplette Staatsfonds in weniger als zwei Jahren aufgezehrt. Zahlen, die auch die Regierung kannte und die daher über eine Privatisierung der Kranken- und Pflegeversicherung nachdachte. Angesichts dieser rauen Verhältnisse hatte *NorskOil* eine besondere Verpflichtung gegenüber seinen Mitarbeitern. Im eigenen Land konnten sie nicht mit Gewinn produzieren, also sahen sie sich gezwungen, ins Ausland zu expandieren, wo sie noch Geld verdienen konnten. Geld, auf das Norwegen so dringend angewiesen war.

Die CEO wog ihre Worte genau ab. »Wir brauchen die Einnahmen aus Ländern wie Eritrea, mit denen wir in der Öffentlichkeit nicht gesehen werden wollen. Ich werde mich dafür nicht rechtfertigen.«

Sie kam auf den eigentlich heiklen Punkt zu sprechen und eröffnete Geving, warum Bondevik erneut Untersuchungen gegen *NorskOil* aufgenommen hatte. Die EADC war mit 439,6 Millionen Euro an Unternehmenssteuern beteiligt. Diese Summe wurde an den Staat überwiesen. Beim Fiskus kamen allerdings nur 426,6 Millionen Euro an. Niemandem war dieser Fehlbetrag angesichts der Gesamtsteuerlast von 15,0 Milliarden Euro aufgefallen. Nach all den Skandalen der Vergangenheit hatte der Konzern auf Solveig Arctanders Betreiben Schritte unternommen, die Zahlungsverpflichtungen transparent zu dokumentieren. Damit wurde eine ausländische Bank beauftragt, und die wurde fündig.

»Von welchem Geldinstitut kamen die Wirtschaftsprüfer?«, wollte Geving wissen.

Magnus Lindhjem wurde doch noch gesprächig. »Die EADC-Konten sind bei der *Deutsch-Niederländischen Privatbank ter Hoorst* angelegt. Deren Wirtschaftsprüfer machte auf die Diskrepanz aufmerksam. Wir haben keine Steuern hinterzogen, sondern ordnungsgemäß überwiesen, die Zahlen belegen es. Dennoch frage ich mich, wohin die fehlenden dreizehn Millionen Euro verschwunden sind. Die können sich nicht in Luft aufgelöst haben.«

»Bondevik war nicht hinter Ihnen her, sondern hinter dem verschwundenen Geld«, folgerte Olaf Bergnaar Svartkamp.

»Exakt«, entgegnete Lindhjem auftrumpfend. Ein jämmerlicher Versuch, von der eigenen Unfähigkeit abzulenken, schließlich war ihm die Diskrepanz entgangen. »Irgendwo musste er natürlich anfangen zu suchen. Økokrim ermittelte zu keinem Zeitpunkt gegen unser Unternehmen.«

»Sie sehen«, beteuerte Solveig Arctander, »wir haben keine Leichen im Keller versteckt. Haben Sie sonst noch Fragen?«

Tinus Geving verstand. Er verstand Svartkamps bisheriges Zögern, solch sensible Informationen – von denen er wahrscheinlich wusste – mit Europol zu teilen. Er verstand auch Lyngstads Ultimatum. Norwegen wollte unter allen Umständen vermeiden, vor den Augen der Weltöffentlichkeit als »kranker Mann Europas« dazustehen, was die Abwärtsspirale zusätzlich beschleunigen konnte. Geving verstand nicht, wie Ghjuvan Francescu Santini oder die *Korsische Nationale Befreiungsfront* darin verwickelt sein könnte. Er war ratlos. Dieser Ansatzpunkt erwies sich als Sackgasse.

An seiner statt antwortete Svartkamp. »Ich denke, das wäre alles. Vielen Dank, dass Sie die Zeit gefunden haben.«

Magnus Lindhjem wollte die Ermittler gerade zur Tür geleiten, da bat die Vorstandsvorsitzende: »Kriminalhauptkommissar Geving, auf ein Wort?«

Lindhjem und Svartkamp sahen sich an.

»Unter vier Augen«, stellte sie klar.

Geving signalisierte seinem Kollegen, draußen zu warten. Lindhjem warf Solveig Arctander beim Hinausgehen finstere Blicke zu. Die Tür fiel ins Schloss, sie waren ungestört.

»Wussten Sie, dass ich die erste Frau auf diesem Posten bin?«, fragte die CEO. »Im Vorstand bin ich umzingelt von Männern.« Sie kehrte ihm den Rücken zu und trat an die Fensterfront mit dem atemberaubenden Blick auf Oslo. »Die warten nur darauf, dass ich den kleinsten Fehler mache. Dann können sie mit geschwellter Brust behaupten: ›Die kann es nicht!‹ Ich habe hier nicht viele Freunde«, bekannte sie resigniert.

»Dieser Lindhjem, möchte der Sie auch fallen sehen?«

»Ich traue ihm nicht. Um es kurz zu machen«, sie drehte sich wieder zu ihm um, »ich habe Økokrim über die fehlenden dreizehn Millionen informiert.«

Puh! »Weiß Ihr Vorstand davon?«

»Sie ahnen es. Das Geld war hier nicht der Rede wert. Angesprochen auf sein ›Versäumnis‹ wiegelte Lindhjem ab. Wir sollten uns wegen ›Peanuts‹ nicht den Kopf zerbrechen. Ich sehe das anders. Die Fehler meiner Vorgänger werde ich nicht wiederholen.«

»Angola und so ...«

Geving erinnerte sich an den Bestechungsskandal. Ob Solveig Arctander wusste, dass sie diese Fehler mit Eritrea bereits wiederholte, oder war sie schlichtweg naiv?

»Den Fehlbetrag habe ich zuerst dem Finanzministerium gemeldet. Dort sah man keinen Handlungsbedarf. Also habe ich mich direkt an Økokrim gewandt, die schickten Bondevik. Jetzt ist er tot.« Solveig Arctander trat ganz nahe an Geving heran, wobei sie fast flüsterte, als hätte der Raum Ohren. Vermutlich war dem auch so. »Wir sind ein Staatskonzern. Ich weiß nicht, ob sich jemand persönlich bereichert oder der Staat das Geld abgezweigt hat. Dreizehn Millionen Euro und ein toter Staatsanwalt, etwas ist da nicht sauber gelaufen.«

Ihm dämmerte, worauf die Vorstandsvorsitzende hinauswollte. »Bondevik musste sterben, weil er das Geld gefunden hatte.«

»Das herauszufinden, ist Ihr Job. Ich muss Sie warnen: Seien Sie vorsichtig!«

Es wurde doch noch interessant. Tinus Geving wusste nicht, ob er Solveig Arctanders Theorie vom Kartell des Schweigens in Gänze Glauben schenken konnte, aber sie klang plausibel genug.

Piet Veenstra und Chloé Lambert würden sich die Geschäftsberichte der EADC vornehmen müssen, wollten sie Fortschritte machen. Wenn Bondevik dem Geld auf die Spur gekommen war, würden sie die Fährte schnell wiederaufnehmen müssen. Wo immer das Geld war, steckte der Drahtzieher. Und wo sich der Drahtzieher verbarg, war der Kuckuck nicht weit.

19:35 Uhr

Der Kuckuck hatte unaussprechliche Dinge getan. Er hatte sie im Auftrag der Republik getan, er hatte sie schließlich im Glauben an die korsische Sache getan. Damit konnte er leben, keine schlaflosen Nächte. Der Tod war sein Handwerk, und er gehörte zum Berufsrisiko. Er musste sich jedoch eingestehen, an seiner jetzigen Situation nicht ganz unschuldig zu sein. Mangelnde Fremdeinschätzung. Man hatte ihn, der sich normalerweise nach allen Seiten hin doppelt absicherte, hinters Licht geführt. Erst hatte man die

Identität seines Auftraggebers vor ihm verheimlicht. Dann, nach Erledigung des Auftrags, war er zum Verbleib in Paris aufgefordert worden. Pure Hinhaltetaktik! Sie wollten ihn den Löwen zum Fraß vorwerfen und sich seiner im Anschluss entledigen. Diesen Plan hatte er durchkreuzt, aber es gab andere Sympathisanten, die nichts dem Zufall überlassen wollten. Der Kuckuck hatte erlebt, wie geräuschlos sie ihn auf dem Flughafen noch in der Transitzone hatten abführen lassen. Was diese Leute vertraten, ging ihm zu weit.

Immerhin war es ihm gelungen, einen seiner Auftraggeber aus dem Schatten ans Licht zu zerren.

»Spielen Sie mit uns, oder war es ein Fehler?«, sagte sein Gastgeber. »Ich muss Sie warnen, wir tolerieren keine Fehler.«

»Wir hatten ein Arrangement«, antwortete er unbeeindruckt. »Ich bin hier, um Sie an Ihren Teil dieses Arrangements zu erinnern. Der Job wurde erledigt, Sie zahlen.«

»Es war nicht Teil der Abmachung, dass Sie hier aufkreuzen! Noch dazu mit den Europäern im Schlepptau. Den General kümmert es wenig, ich hingegen kann das nicht dulden.«

»Dann zahlen Sie.«

»Sie werden Ihr Geld erhalten. Vorerst setzen Sie keinen Fuß vor die Tür, bis sichergestellt ist, dass wir Sie diskret hier herausbekommen.«

»Das Geld, und Sie werden nie wieder etwas von mir hören.«

»Sie bewahren Ruhe. Ich wiederhole mich nicht!« Damit ließ sich sein Gastgeber entschuldigen.

Sein Auftraggeber hatte nicht vor zu bezahlen, da war er sich nun sicher. Sie hatten seinen konkreten Unterbringungsort vor ihm zu verbergen versucht. Zwecklos. Ein Blick aus dem Fenster genügte. Der Kuckuck kannte Oslo schon aus seiner Zeit beim DGSE. Er schätzte die Fähigkeiten seiner Bewacher ein und kam zu dem Ergebnis, dass er sie innerhalb von etwa zehn bis fünfzehn Sekunden überwältigt hätte, nicht tödlich. Der Rest eine Frage von noch in Paris getroffenen Vorkehrungen.

Am Ende blieb nur die Wahl zwischen einer schlechten Option und einer noch schlechteren Option. Er entschied sich für diesen merkwürdig unbestechlichen Bullen aus Deutschland. Der Kuckuck hasste Abhängigkeiten.

Donnerstag, 7. März
05:10 Uhr

»Es ist Santini.«

»Erneut?«

»Keine Sorge, diesmal sind wir an ihm dran. Ich weiß, was er vorhat.«

»Auf unseren Mitstreiter ist kein Verlass mehr.«

»Wie möchten Sie vorgehen?«

»Ein diskreter Besuch von mir. Sie kümmern sich um den Franzosen.«

»Jawohl, Herr General.«

Unter normalen Umständen machten ihm fremde Betten nichts aus. Tinus Geving schätzte die Anonymität von Hotels. Seit er bei Europol war, reiste er viel, die Orte verschwammen vor seinen Augen. Den scheinbaren Glanz europäischer Metropolen bekam man dabei kaum zu Gesicht, wohl aber deren Schattenseiten, jene Orte, die man trefflich als »Unterwelt« bezeichnen konnte. Das machte für ihn den Reiz seines Berufs aus. Als Polizist nahm er die Städte anders wahr.

Sicherlich hatte es seinen Grund, warum Geving nach fast zwei Jahren immer noch keine Zeit fand, seine Wohnung angemessen zu möblieren. Es hieße Ankommen, es hieße Stillstand, es hieße Zeit zum Nachdenken. Tinus Geving scheute die Konfrontation mit dem eigenen Ich. Ständig unterwegs zu sein, war zu einer bequemen Ausrede geworden. Dienstreisen hatten durchaus ihre Vorzüge.

Es waren nicht diese Gedanken, die ihn erneut wach hielten. Der Fall beschäftigte ihn. Geving stand unter Strom.

Der Kuckuck war ein würdiger Gegner, fast schon hatte Geving Freude an dieser Jagd. Seine Beute spielte mit ihm. Es stellte sich die Frage, ob der tote Erik-Sondre Bondevik Teil dieses Spiels war oder dessen Auslöser. In Geving reifte der Verdacht, dass Bondeviks Mörder wusste, was sein Opfer wusste. Aus keinem anderen Grund machte sich der Jäger freiwillig zum Gejagten. Der abtrünnige Geheimagent hatte es vermieden, sich verhaften zu lassen wie ein gewöhnlicher Krimineller. Er hatte seine Verfolger bewusst nach Oslo geführt.

Wahrscheinlich hatte Ghjuvan Francescu Santini ihn studiert. Wahrscheinlich hatte er begriffen, dass Geving den Dingen auf den Grund ging, ohne Rücksicht zu nehmen.

Von den zwei Tagen, die Riksadvokat Storm Thingnes Lyngstad ihnen zugestanden hatte, blieb kaum mehr als ein Tag übrig. Und es gab keinerlei signifikante Fortschritte. Vielleicht bestand gar kein Interesse an weitergehenden Økokrim-Ermittlungen. War Bondeviks Mörder erst gefasst, konnte man die Sache zu den Akten legen. Keine Fragen, keine Probleme. Ein solch hoher Karrierebeamter wie Lyngstad musste eine Vorstellung davon haben, was sich am Horizont zusammenbraute.

Gevings Gedanken rasten, was ihn daran hinderte, den ohnehin schon erheblichen Schlafmangel als solchen zu empfinden.

So kam es, dass er bereits vor sechs Uhr auf dem Weg zum Frühstück war. Von Natur aus wortkarg, genoss er diese Zeit der Stille. Er musste keine unnötige Konversation führen. Man hätte ihn als »Morgenmuffel« bezeichnen können. So weit ging Geving persönlich nicht. Er schätzte es, um diese Uhrzeit bei einer Tasse Tee mit seinen Gedanken allein zu sein.

Er rechnete nicht damit, in der Hotellobby angesprochen zu werden.

»Herr Geving?« Der Nachtmanager war drauf und dran, seinen Feierabend anzutreten. »Das wurde vor einer Stunde für Sie abgegeben.« Er überreichte ihm einen braunen Umschlag.

Geving öffnete ihn. Waren seine Kollegen im Hauptquartier etwa schon fündig geworden? Heraus zog er ein Foto, das sechzehn Männer in Militäruniform zeigte. Sie trugen elegante Garderobe: dunkelblauer Rock, polierte Silberknöpfe, weiße Kragenspiegel, rote Bauchbinde, altmodischer Säbel, rot-weiße Epauletten, auffällige Hüte mit Federbüschen. Diese Herren waren Offiziere.

Seine Augen wanderten über die sechzehn ihm unbekannten Gesichter. Korrektur – es waren fünfzehn unbekannte Gesichter. Am sechzehnten blieb sein prüfender Blick hängen. Die Aufnahme musste einige Jahre alt sein, mindestens zehn. Dieses Gesicht hatte sich kaum verändert: dasselbe kantige Kinn, derselbe bedrohliche Ausdruck. Allenfalls das Haar war nun merklich schütterer. Tinus Geving erkannte ihn auf Anhieb: Magnus Lindhjem, Finanzvorstand von *NorskOil*!

Und noch etwas ...

»Können Sie den Mann beschreiben, der den Umschlag gebracht hat? Sie haben ihn doch entgegengenommen?«, fragte Geving plötzlich aufgekratzt.

»Ja, es war ein Mann. Sie kennen sich?«

»Das Gesicht! Wie sah er aus?«

Der Nachtmanager, seinen Rucksack schon in der Hand, dachte angestrengt nach, verneinte schließlich. »An das Gesicht kann ich mich nicht erinnern, dabei habe ich ein gutes Gedächtnis.«

»Haben Sie Überwachungskameras in der Lobby?«

»Natürlich. Sicherheitsvorkehrungen.«

»Fangen die auch die Gäste an der Rezeption ein?«

»Sie verstehen, dass wir Ihnen keinerlei Auskunft darüber erteilen dürfen.« Der Nachtmanager war alarmiert.

Geving zog seinen Dienstausweis hervor, doch der Mann blieb skeptisch. »Brauchen Sie eine Extraeinladung? Worauf warten Sie?« Er überschritt hier eigentlich seine Kompetenzen.

Der Nachtmanager gab nach und telefonierte. »Wenn Sie mir bitte folgen wollen«, sagte er schließlich.

Sie nahmen den Fahrstuhl in den Verwaltungsbereich des Hotels, dort befand sich die Überwachungszentrale. Nach wenigen Minuten wurde man fündig, schließlich wusste Geving, wonach sie suchen mussten. Er konnte sich ein triumphierendes Grinsen nicht verkneifen.

»Der Kuckuck ruft in den Weiten ...«

07:37 Uhr

»Sagen Sie, habe ich mich bei unserem letzten Treffen irgendwie unklar ausgedrückt?«

»Ich schwöre, Santini stand rund um die Uhr unter Bewachung!«

»Wieder einmal haben Sie versagt. Zum letzten Mal.«

»Das können Sie mir nicht anlasten! Wie oft habe ich Sie gewarnt? Wie oft habe ich Ihnen gesagt, dass wir ihn nicht für dumm verkaufen sollten? Sie wollten ihn trotzdem einsetzen.«

»Sein Einsatz wäre überhaupt nicht nötig gewesen, hätten Sie es von Anfang an verstanden, Ihre Spuren zu verwischen. Gut, darum haben wir uns gekümmert, aber jetzt? Erneut mussten wir Ihretwegen den Plan korrigieren.«

»Herr General, niemand konnte ahnen, dass Solveig Arctander so schnell dahinterkommt!«

»Genug! Ihre Dienste werden nicht länger benötigt. Sie wissen, was das heißt. Wir tolerieren keine Fehler.«

»Ich ... Bitte, Herr General!«

»Zum Abschied: Wir haben das mit Santini jetzt im Griff. Schauen Sie mich nicht so an, Sie waren von vornherein nicht der Einzige. Leben Sie wohl, mein Freund, leben Sie wohl.«

Europol-Hauptquartier
Eisenhowerlaan 73
Den Haag
08:19 Uhr

»Piet, was hat deine technische Wunderwaffe herausgefunden?«

Tinus Geving begegnete jeder technischen Innovation mit anfänglichem Misstrauen. Er war Kopfarbeiter, vertraute auf die Kunst der Deduktion. Piet Veenstra war das genaue Gegenteil, aufgeschlossen gegenüber jeder neuen Spielerei. Deshalb übermittelte sein deutscher Kollege ihm die Kopie jenes Fotos, das Santini ihm zugespielt hatte.

Die »technische Wunderwaffe« traf einmal mehr. Binnen kürzester Zeit konnte Veenstra Magnus Lindhjem zweifelsfrei identifizieren. Der Mann war jedoch nicht der einzige Bekannte auf dem Foto, wie er Geving eröffnete. Bei seinem linken Nachbarn handelte es sich um Henning Mikkalsen.

Sein per Telefonkonferenz zugeschalteter Kollege reagierte erstaunt. »Der Henning Mikkalsen von EADC?«

»Der und kein anderer.«

Das war noch längst nicht alles. Eine vergleichende Anfrage beim norwegischen Verteidigungsministerium ergab, dass alle abgebildeten Offiziere in der 4. Kompanie von Hans Majestet Kongens Garde gedient hatten, was die Paradeuniformen erklärte. Laut Generalstabsberichten waren Lindhjem und Mikkalsen Teil einer Einheit, die von Norwegen im Frühjahr 2003 in den Irak entsandt worden war.

Geving kam aus dem Staunen nicht mehr heraus. »Was denn? Die gehörten zur Koalition der Willigen?«

Veenstra hatte fast vergessen, dass sich Geving nichts aus Politik machte. Etwas hochfahrend äußerte er immer wieder, als Beamter müsse er sich über derart banale Fragen nicht den Kopf zerbrechen. Einer seiner wenigen negativen Charakterzüge, die ihm zum Verhängnis werden könnten, wenn er nicht aufpasste.

Chloé Lambert, die nach den Anstrengungen der letzten Tage immer noch putzmunter war – worin sie ihrem neuen Vorgesetzten auf beinahe erschreckende Weise ähnelte –, klärte ihn auf. Darüber, dass die norwegische Regierung entgegen allen Versicherungen unter der Hand, »auf Bitten der NATO-Partner«, hundertfünfzig Mann für humanitäre Hilfseinsätze entsandt hatte. Darüber, dass dieselbe Regierung nach massiven öffentlichen Protesten und dem Rückzug der Spanier ein Jahr später eingeknickt war und die eigenen Leute wieder nach Hause hatte holen müssen. Darüber, dass man diesen Einsatz seitdem lieber verschwieg, statt ihn aufzuarbeiten.

»Wo waren die Norweger stationiert?«

»Basra«, antwortete die Französin mit grimmigem Unterton.

»Humanitärer Einsatz, wie?« Veenstra fand es beinahe unheimlich, wie gut sich Tinus und Chloé Lambert zu verstehen schienen.

»Kein Kommentar«, wiegelte sie ab. »Wir Franzosen haben uns an diesem Alleingang der Amerikaner von Anfang an nicht beteiligt.«

»Wie ging es danach weiter?«

»Magnus Lindhjem schied nach der Abwahl der für dieses Debakel verantwortlichen Regierung aus dem Militärdienst aus und wechselte direkt zu NorskOil«, erklärte Veenstra.

Es konnte niemanden überraschen, dass ein ehemaliger Berufsoffizier mit diesen Erfahrungen für den Konzern im Irak tätig war. Zur gleichen Zeit wurde Henning Mikkalsen Berater für das deutsche Sicherheitsunternehmen Aquila Defence. In deren Auftrag kehrte er in den Irak zurück. Genauer gesagt nach Erbil in der Autonomen Region Kurdistan, wo er den Neuaufbau der örtlichen Polizei betreute.

»Lindhjem und Mikkalsen waren also alte Frontkämpfer. Denkt ihr das Gleiche wie ich?«

»Mal sehen«, begann Veenstra. »Der Kontakt zwischen den beiden brach nach der Militärzeit nicht ab. Es ist sogar höchst wahrscheinlich, dass sie im Irak geschäftlich miteinander zu tun hatten. NorskOil hat Interessen in dieser Region.«

»Irgendwann zog Lindhjem als Vorstandsmitglied seinen ehemaligen Kameraden nach und installierte ihn an der Spitze von EADC«, fuhr Chloé Lambert fort. »Dort rochen sie die große Gelegenheit, sich über die Jahre auf Kosten von NorskOil finanziell zu sanieren.«

»Leider machten sie die Rechnung ohne Solveig Arctander. Zu dumm, dass sie ihren eigenen Leuten misstraute und unabhängige Wirtschaftsprüfer einsetzte, denen der Betrug mit den dreizehn Millionen Euro aufgefallen ist. Das würde Lindhjems Verzögerungstaktik erklären.«

Damit ließ sich der FLNC-Verdacht weder erhärten noch entkräften.

Piet Veenstra verstand vor allem eine Sache nicht. »Wozu hat ein Vorstandsmitglied mit Millionen-Boni derart krumme Touren nötig?« Und noch etwas Merkwürdiges war ihm ins Auge gefallen. Auf Gevings Geheiß hatte er verbissen die Geschäftsberichte der Norweger durchpflügt. Er wusste, worauf er zu achten hatte. »Das Geld kann erst zu einem späteren Zeitpunkt verschwunden sein. Alle Transaktionen ans norwegische Finanzministerium liefen korrekt, nichts dagegen zu sagen!«

»Wenn sie dort Hilfe hatten?«, fragte die junge Kollegin. »Norwegen mag eines der am wenigsten korrupten Länder weltweit sein. Das heißt nicht, dass es keine Leute gibt, die empfänglich für Korruption sind.«

»Es passt ins Bild«, stimmte Geving zu, »Arctander informiert nach eigener Aussage Økokrim. Deren Sonderermittler kommt dem Geld auf die Spur, was Alarm auslöst. Bondevik muss weg. Da sich niemand die Hände schmutzig machen möchte, engagiert man Santini für einen simplen Auftragsmord. Der führt ihn aus, Problem erledigt.«

»Santinis Auftraggeber wollen ihn in Paris hinhalten ...«

»... wohlwissend, dass er dort früher oder später der Polizei ins Netz gehen musste. Vielleicht haben sie ihn für den Auftrag gar nicht erst bezahlt. Folglich hätte er keinerlei Beweise. Wer würde einem abtrünnigen Agenten des französischen Auslandsnachrichtendienstes und mutmaßlichen Terroristen dessen Geschichte glauben? Sehr perfide.«

»Betrogene Betrüger schimpfen am lautesten«, fasste Veenstra die Lage Ghjuvan Francescu Santinis zusammen.

»Zumindest wissen wir jetzt, was Bondevik wusste. Uns kann man nicht so leicht aus dem Weg räumen.«

Veenstra kam auf die unvermeidliche Komplikation zu sprechen, die der Grund war, warum man den norwegischen Verbindungsbeamten aus diesem Gespräch bewusst heraushielt. Es gab kein Uns. Sollte sich das Puzzle so zusammenfügen, handelte es sich um ein innernorwegisches Problem. Europol hätte keinerlei Zuständigkeit.

Geving war so kurz vor dem Ziel nicht bereit, einfach aufzugeben. Eine seiner positiv hervorstechenden Charaktereigenschaften, fand Veenstra.

»Darüber zerbreche ich mir den Kopf, wenn es so weit ist. Bis dahin lautet unser Auftrag, den Kuckuck zu fassen. Ich informiere den Deputy Director, wir machen weiter. Wenn die Norweger Santini danach haben wollen, mir egal.«

Am anderen Ende der Leitung war es Tinus Geving nach Beendigung der Telefonkonferenz entgegen seiner Aussage nicht egal. Verhielt es sich tatsächlich so, der Kuckuck würde sich als wichtiger Kronzeuge erweisen. Damit schwebte er in Lebensgefahr! Sie mussten ihn unbedingt finden, bevor andere es taten.

Gevings Telefon klingelte erneut. Olaf Bergnaar Svartkamp. Wie gerufen.

»Lassen Sie umgehend Magnus Lindhjem verhaften! Ich kann Ihnen das jetzt nicht in aller Ausführlichkeit erklären, aber er steckt hinter dem Mord an Bondevik.«

»Es ist komisch, dass Sie das sagen. Wir wurden zu Lindhjems Wohnung gerufen. Er ist nicht wie gewohnt zur Arbeit erschienen.«

»Wahrscheinlich, weil er sich in gerade diesem Moment absetzt.«

»Dürfte schwierig werden. Magnus Lindhjem ist tot!«

Seine Auftraggeber erwiesen sich als äußerst effektiv. Sie hatten ihn erfolgreich in dem Glauben gelassen, er würde das Spiel kontrollieren. Dabei kontrollierten sie die ganze Zeit über ihn. Er war zu nachlässig gewesen. Nachlässigkeit konnte man sich in seinem Metier nicht erlauben.

Diese scheinbar zufällige Begegnung am Hoteleingang ... Er musste sein Gedächtnis prüfen, um festzustellen, ihn schon einmal gesehen zu haben. Überraschung!

Er erinnerte sich an ein Sprichwort aus seiner Heimat, das einzig Sinnvolle, was sein nichtsnutziger Vater ihm jemals mit auf den Weg gegeben hatte: »Bei deiner Geburt wurde dein Schicksal geschrieben.« Zeit für den Kuckuck, sich mit seinem Schicksal zu arrangieren. Viel gab es für ihn nicht mehr zu tun. So langsam fühlte er den Schmerz.

Wohnung Magnus Lindhjem
Wessels gate 7
Oslo
09:01 Uhr

Als Tinus Geving in Magnus Lindhjems Osloer Stadtwohnung eintraf, war alles schon gelaufen. Lediglich den Leichnam hatte man an seinem Platz belassen, damit sich der deutsche Gast ein Bild machen konnte.

An der Ursache des Ablebens konnte kein Zweifel bestehen: Tod durch Strangulation. Der Finanzvorstand von *NorskOil* hing an der Decke seines Schlafzimmers. Das Seil aus stabiler Hanffaser war an einem Haken befestigt, der zuvor als Aufhängung für eine Deckenlampe gedient haben musste. Ein Wunder, dass der Haken Lindhjems Gewicht halten konnte, ohne herauszureißen.

»Die Haushälterin hat ihn gefunden und die Polizei verständigt«, erklärte Olaf Bergnaar Svartkamp. »Er wollte sich wohl die öffentliche Schande ersparen. Auch eine Form von Schuldeingeständnis.«

Geving hatte schlagartig kein Interesse mehr für die Leiche. »Moment, was meinen Sie?«

»Unser Freund hier steckte die ganze Zeit hinter dem verschwundenen Geld. Økokrim ist dahinter gestiegen, dass Lindhjem und dieser Henning Mikkalsen gemeinsam beim Militär gedient haben. Wie durch Zufall tauchen beide jetzt in dieser Angelegenheit auf.«

Geving hielt sich für einen abgeklärten Menschen. Einem Westfalen gelang es stets sehr gut, seine Emotionen – so vorhanden – im Griff zu behalten. Normalerweise. In diesem Moment war Geving sprachlos vor Überraschung, was nicht oft vorkam. Ihn überraschte nicht, dass der Verbindungsbeamte ihm jetzt Ermittlungsergebnisse servierte, die sie sich bei Europol ohne sein Zutun mühsam zusammengereimt hatten. Geving überraschte die Dreistigkeit, mit der Svartkamp es tat. Er nahm ihn bemüht lächelnd beiseite und führte ihn in den weniger belebten Flur der Wohnung.

»Haben wir ein Problem?«, fragte er dort.

Svartkamp zeigte ein unverbindliches Pokerface. »Nein, ich habe Ihnen nur nicht alles erzählt. Sie wussten, was Sie wissen mussten.«

Geving blieb gelassen, ein weiterer Grund, warum Laurits Pedersen ihn geschickt hatte, er machte keine Szene. Sein Lächeln war trotzdem ein wenig eingefroren.

»Wer hat entschieden, was wir wissen mussten? Es ist recht bedenklich, Entscheidungen auf Basis zurückgehaltener Informationen treffen zu müssen.«

Svartkamp tat es Geving gleich, drosselte für seine Retourkutsche sogar die Lautstärke. »Haben Sie *uns* denn alles erzählt? Zum Beispiel würde ich gerne den Grund

Ihrer Anordnung erfahren, Lindhjem festzunehmen. War da etwa ein gewisses Foto im Spiel?«

Geving lachte künstlich. »Sie lassen mich doch nicht etwa überwachen?«

»Nicht nötig. Die Verbindung zwischen Lindhjem und Mikkalsen war uns ja bekannt. Woher wohl? Machen Sie sich nichts draus. Ich habe Ihnen etwas verschwiegen, Sie waren unaufrichtig zu mir. Gleichstand!«

Geving überließ ihm zähneknirschend den kleinen Sieg. Er sah sich Lindhjems Leiche genauer an. Sofort konnte er Svartkamps Theorie widerlegen.

»Sie täuschen sich. Hier liegt kein Suizid vor.«

»Unmöglich!« Der Norweger folgte Geving zurück ins Schlafzimmer, der dort eine bereitgestellte Leiter bestieg. »Was wollen Sie beweisen?«

Geving tat so, als überhörte er die Frage. Er war ganz in seinem Element: der Kunst der Deduktion. Er begutachtete für Svartkamp, was diesem von selbst hätte auffallen müssen.

»Durchblutungsstopp in Kopf- und Wirbelsäulenschlagadern, hervorgerufen durch kurzen Fall. Der Henkersknoten besteht aus einer Schlinge mit acht Windungen, die sich durch das Körpergewicht zusammenziehen. Der Knoten wurde hinter dem linken Ohr angelegt, der nachweisbare Aufhängepunkt liegt exakt hinten in der Mitte des Nackens.«

»Wie kommen Sie darauf, dass er es nicht selbst gewesen ist? Es könnte doch auch zufällig so perfekt aussehen.«

Er musste sich wiederholen. »Ein Henkersknoten mit acht Windungen, dazu der Aufhängepunkt. Typisches Erhängen, wie aus dem Bilderbuch. So wie man es von militärischen Schnellgerichten kennt. Es war kein Selbstmord, sondern eine Hinrichtung!« Geving konnte sich nicht verkneifen, hinzuzufügen: »Haben Sie in Rechtsmedizin geschlafen, Herr Kollege?«

Der wich einer Antwort aus und sagte stattdessen: »Damit hätte Santini einen zweiten Mann auf dem Gewissen.«

Tinus Geving wollte dem Norweger gerade erklären, dass Lindhjems Mord nicht zum Verhaltensmuster des Korsen passte, als Unruhe aufkam. Ein Funkspruch ging ein. Geving war des Norwegischen zwar nicht mächtig, wusste aber sofort, was gemeint war, als Svartkamp die Meldung eines Uniformierten entgegennahm.

»Sieht so aus, als könnten wir ihn bald selbst fragen. Der Kuckuck ist wiederaufgetaucht. Offensichtlich möchte er über den Hauptbahnhof die Stadt verlassen.«

»Wie weit ist das von hier?«, wollte Geving wissen.

»Zehn Minuten.«

»Worauf warten wir dann noch?«

»Keine Sorge, der entkommt uns nicht.«

Svartkamps Prophezeiung klang seltsam gewiss.

Oslo Sentralstasjon

Jernbanetorget 1

Oslo

09:25 Uhr

Geving hatte nach dieser Woche vorerst genug von Bahnhöfen und Flughäfen. Rotterdam, Paris und nun Oslo. Immer auf des Kuckucks Fersen. Der reinste Wanderzirkus! Die von Storm Thingnes Lyngstad zugebilligte Zeit drängte. Hier und jetzt würde der Sack zugemacht. Endstation!

Ähnlich wie Geving kümmerte sich Olaf Bergnaar Svartkamp im Notfall nicht sonderlich um Verkehrsregeln. Kaum standen sie, stürmte Geving bereits durch den Eingang ins alte Bahnhofsgebäude, die Østbanehallen. Für die Schönheit des von deutschen Architekten entworfenen Gebäudes hatte er wie so oft kein Auge. Gewisse Details entgingen ihm. Das hatte zur Folge, dass er im Gebäudeinneren kurz innehalten musste. Wo er den üblichen Funktionsbereich eines Bahnhofs erwartete, befand sich eine ausgedehnte Ladenpassage. Um diese Uhrzeit zu allem Überfluss sehr belebt.

»Mir folgen«, ordnete Svartkamp an.

Geving hatte trotz seiner langen Beine Mühe, mit dem Eiltempo des hochgewachsenen Skandinaviers Schritt zu halten. Ständig in Gefahr, den Anschluss zu verlieren, musste er regelmäßig aufholen. Um seine Kondition war es schon einmal besser bestellt.

»Wohin?«, presste er atemlos hervor.

Svartkamp, dem das Tempo nichts auszumachen schien, antwortete unaufgeregt. »Besucherzentrum. Unsere Einheiten haben ihn dort lokalisiert. Er bewegt sich nicht vom Fleck.«

»Wie das?«

Dieser kurze Moment des Nachdenkens reichte aus, erneut den Anschluss zu verlieren. Wieder aufholen. Und ausweichen. Nicht immer erfolgreich. Geving kollidierte mit einem flanierenden Paar, rannte die Frau fast um. Die empörten Ausrufe nahm er wahr, keine Zeit für Entschuldigungen.

»Was wir wissen«, diesmal musste Svartkamp mehreren Passanten ausweichen, »was wir wissen: Santini hat sich eine Zugfahrkarte nach Bodø gekauft, über Trondheim.«

»Was ist da?«

»Nicht viel. Vielleicht will er das Land über den Seeweg verlassen oder sich nach Schweden absetzen.«

»Das wäre sinnlos, es gibt einen europäischen Haftbefehl. Die würden ihn sofort einkassieren.«

Keine Zeit für weitere Spekulationen.

Der General und seine Leute waren ihm stets einen Schritt voraus gewesen. Der Bruchteil einer Sekunde hatte ausgereicht. Berufsrisiko.

Er wurde schwächer. Immer schwächer. Der Kuckuck konnte die Schuld daran nur bei sich selbst suchen. Ihm war bewusst, dass die norwegische Polizei ihn umstellt hatte. Es gab kein Entrinnen. Er hatte keinen Plan mehr in der Hinterhand, um sich aus dieser Umklammerung zu befreien. Selbst wenn, der beste Plan hätte ihm nicht mehr helfen können.

Er spürte den stechenden Schmerz, der unaufhaltsam seinen Körper emporkroch, spürte die fiebrige Hitze, das Herzrasen. Er konnte nicht mehr weiter.

Blieb zu hoffen, dass der Deutsche es am Ende nicht noch vermasselte. Ausgerechnet Tinus Geving blieb jetzt seine einzige Hoffnung. Der Kuckuck war am Ende angelangt und mit sich im Reinen.

Nein, sagte er stumm zu sich selbst und nahm seine letzte Willenskraft zusammen, mein Name ist Ghjuvan Francescu Santini!

Sie stürmten aus der Ladenpassage in den eigentlichen Bahnhofsneubau. Geving war überrumpelt von der schieren Größe. Neunzehn Bahnsteiggleise für die knapp siebenhunderttausend Einwohner zählende Hauptstadt hätte er nicht erwartet. Wie sollte man hier den Überblick behalten für den Fall, dass Santini doch noch Überraschungen auf Lager hatte? Aus dem Augenwinkel heraus wurde er eines Besseren belehrt, Svartkamp hatte nicht übertrieben. Die Präsenz uniformierter Polizeieinheiten war massiv, wenn auch diskret. Die Reisenden störten sich daran nicht groß, es wirkte wie Routine. Käme es allerdings hart auf hart, die Beamten würden den Bahnhof sofort abriegeln. Der Kuckuck saß in der Falle.

Nur noch die Rolltreppe hinab zum Besucherzentrum. Geving musste nicht lange suchen, er machte ihn sofort aus.

»Santini!«, rief er sehr zum Erstaunen der Wartenden, deren Augen sich auf ihn richteten. »Versuchen Sie es erst gar nicht, es ist vorbei!«

Er griff instinktiv zu seiner Dienstwaffe, zwecklos. Die hatte er in Den Haag gelassen, schließlich war es ihm nicht gestattet, außerhalb der Zuständigkeit von Europol eine Waffe zu tragen. Es schien ohnehin nicht nötig zu sein.

»Kommt es nur mir so vor, oder ist der heute nicht ganz auf dem Posten?«, fragte Svartkamp.

Santinis Gesicht war aschgrau, große Schweißperlen bildeten sich auf seiner Stirn, die Augen glasig. Ein mühevolles Lächeln ging ihm über die Lippen. Unsicheren Gangs torkelte er in ihre Richtung. Unfreiwillige Zeugen der Szene machten ängstlich Platz.

Svartkamp versuchte, sich einen Reim darauf zu machen. »Was hat er?«

Geving musste nicht lange kombinieren. »Digitoxinvergiftung.«

Auf halber Strecke erstarrte das Gesicht zu einer Fratze des Schmerzes. Santini verkrampfte sich, übergab sich schließlich. Die Beine sackten unter ihm weg, der Kuckuck brach zusammen.

Vereinzelte Schreie des Entsetzens in der Menge.

Geving eilte zu Santini, versuchte, ihm aufzuhelfen, vergebens.

»Einen Notarzt!«, fuhr er den unbeteiligt wirkenden Verbindungsbeamten an.

Santini starrte den Norweger einige Sekunden fassungslos an, danach Geving, dem er mit letzter Kraft ins Ohr röchelte: »Nein, es ist nicht vorbei. Es hat gerade erst begonnen.«

Daraufhin verlor er das Bewusstsein.

Ghjuvan Francescu Santini sollte es nicht mehr wiedererlangen. Die kaum drei Minuten später eintreffenden Rettungseinheiten konnten nur noch den Tod feststellen. Die verheerende Wirkung des Gifts war unumkehrbar.

Der Fall des am Pariser Nordbahnhof vergifteten Staatsanwalts Erik-Sondre Bondevik, er fand sein Ende mit dem Vergiftungstod des Mörders am Osloer Hauptbahnhof.

Das Schicksal ging oft seltsame Wege.

Vor wenigen Tagen hatte sich Tinus Geving noch über die Ruhe der letzten Zeit beklagt. Dafür wurde er zur Genüge entschädigt, auf die Ruhe folgte in aller Regel ein Sturm. Der Sturm hatte ihn in Form von Chloé Lamberts »Debütantinnenauftritt« ereilt. Ein toter Staatsanwalt, ein Täter, seinen Verfolgern immer einen Schritt voraus, dessen Auftraggeber, dem Täter ebenfalls um einen, der Polizei um zwei Schritte voraus. Revierstreitigkeiten, Ermittlungspannen.

Gevings Stimmung war auf dem Tiefpunkt angelangt. Gerade nach dem, was vor wenigen Stunden im Internet aufgetaucht war. Vielleicht hatte er von vornherein zu hohe Erwartungen an sich selbst gehabt, denen konnte er nie gerecht werden.

Das Urteil seines Vorgesetzten dazu stand noch aus.

Der Deputy Director schüttelte Geving beinahe euphorisch die Hand und bat ihn, in der Sitzecke Platz zu nehmen. Laurits Pedersen hatte bereits Tee für sich und Tinus Geving geordert. Geving durfte zum ersten Mal auf dem Sofa Platz nehmen. Alle Anzeichen deuteten auf Entspannung.

»Gratulation, Geving! Sie und Ihr Team haben sich wieder einmal bewährt. Ich soll Sie von Storm Thingnes Lyngstad grüßen, er war äußerst beeindruckt von Ihnen. Glauben Sie mir, es ist fast ein Ding der Unmöglichkeit, diesen Mann zu beeindrucken.«

Solcherlei Worte müssten ihm eigentlich schmeicheln. »Bei allem Respekt! Drei Tote und damit zwei Tote mehr als am Anfang kann ich beim besten Willen nicht als Ermittlungserfolg verbuchen. Noch weniger sollten wir uns auf die Schulter klopfen und sagen: ›Gut gemacht, weiter so.‹«

Pedersen musterte ihn eine kleine Weile mit zugekniffenen Augen. »Kann es sein, dass Sie manchmal zu hohe Ansprüche an sich stellen?« Der ehemalige Geheimdienstchef erwies sich als perfekter Menschenkenner. Blitzschnell brachte er auf den Punkt, was Geving umtrieb.

Er konnte es nicht einfach abtun. Was Piet Veenstra ihm mit versteinerter Miene auf die morgendliche Post gelegt hatte, saß wie ein Schlag in die Magengrube. Er musste es wieder und wieder lesen, bis es zu ihm durchdrang. Er hatte recherchiert, daran gezweifelt, vergleichbare Dokumente hinzugezogen, nach Abweichungen im Tonfall gesucht, es konnte nur ein Ergebnis geben: Das Schreiben auf Korsisch, Norwegisch, Französisch, Englisch und Deutsch schien echt zu sein. Geving reichte das Bekennerschreiben der *Korsischen Nationalen Befreiungsfront* aufgeregt an Pedersen weiter. Ein Bekennerschreiben mit haarsträubendem Inhalt.

Wir haben in einer Situation, in der Europas Regierungen zum Massaker an Unschuldigen ausgeholt haben, nichts für lange Erklärungen übrig.

Zu Bondevik sagen wir Folgendes: Uns war nicht klar genug, dass seine Bosse, die in der Dritten Welt Kriege anzetteln und Völker ausrotten, fassungslos vor der

Gewalt stehen, wenn sie ihnen im eigenen Haus gegenübertritt.

Es geht darum, das Neue gegen das Alte zu stellen, und das heißt: Ein Kampf, für den es keine Gefängnisse gibt, gegen das Universum von Big Money, in dem alles Gefängnis ist.

Konkret: Der brutalen Selbstherrlichkeit der Staatenlenker und ihrer Erfüllungsgehilfen, den Bullen und Henkern, setzen wir die totale Brutalität des bewaffneten Kampfes entgegen. Wir kämpfen für die Befreiung unseres Volkes von kapitalistischer Ausbeutung und der Versklavung durch fremde Invasoren.

Rache für unsere exekutierten Mitkämpfer! Kampf allen Unterdrückern und Feinden Korsikas!

Libertá per i patrioti!

Der Däne zeigte kaum Emotionen. »Der FLNC macht also keine halben Sachen mehr«, kommentierte er fast amüsiert.

»Ich verstehe es nicht!«, ereiferte sich Geving mit hochrotem Kopf. »Ich verstehe nicht, was die damit bezwecken wollten. Ich verstehe nicht, warum Santini und Lindhjem sterben mussten. Räumen die auf und entledigen sich ihrer Mitwisser? Ich verstehe es nicht!«

»Die Erklärung liegt doch auf der Hand«, sagte der Deputy Director. »Irgendwann, so viel sollten Sie gelernt haben, radikalisiert sich jede sogenannte Befreiungsbewegung. Sie können den eigenen Fliehkräften nicht mehr entgegenwirken.«

»Wir hätten viel eher die Zusammenhänge erkennen müssen, Santini und Lindhjem wären vermutlich noch am Leben!«

Geving steigerte sich in einen seiner seltenen Gefühlsausbrüche hinein, was nur kaschierte, wie ratlos er in Wirklichkeit war.

»Sie sollten sich nicht mit Spekulationen quälen«, empfahl sein Vorgesetzter nachsichtig.

»Der fade Beigeschmack von drei Toten bleibt.«

Pedersen war belustigt. »Sie sind angefressen, weil Sie nicht als weißer Ritter vom Feld gegangen sind.«

»Nichts läge ferner«, wies er zurück.

»Ach, kommen Sie. Natürlich sind Sie angefressen! Sie sehen sich in Ihrer Eitelkeit gekränkt. Ich versichere Ihnen, dazu besteht kein Grund. Ihr Auftrag lautete, Bondeviks Tod aufzuklären, den haben Sie erfüllt. Jetzt heißt es aufstehen und weitermachen.«

»Santini hätte Informationen von unschätzbarem Wert mit uns teilen können«, beharrte Geving.

»Das bezweifle ich. Der hätte uns nichts über die Korsen erzählt, der war trainiert, weit härteren Verhörbedingungen standzuhalten. Vielleicht hätte er über die Praktiken seines vorherigen Arbeitgebers ausgepackt. Ich persönlich bin froh, dass dieser Kelch an uns vorübergegangen ist.«

»Ist das nicht ein wenig zynisch?«

Pedersen fühlte sich von Gevings offenherziger Frage offenkundig nicht angegriffen. »Realistisch. Santini in unserer Obhut hätte einen jahrelangen Kampf mit den Franzosen bedeutet. Nach allem, was wir erleben durften, wurden schon genug schlafende Hunde geweckt. Gewisse Regierungen werden einiges zu überdenken haben.«

»Das müssen Sie erklären.«

»Was bewog Santini dazu, sich dem FLNC anzuschlie-
ßen? Wie konnten sich Lindhjem und Mikkalsen in deren Netz verfangen? Was führte zu derart verhängnis-
vollen Verschiebungen des moralischen Kompasses?«

Geving überlegte. »Frust? Frust, vom Staat nie angemessen gewürdigt worden zu sein? Von einem Staat
wohlgemerkt, den sie glaubten zu verteidigen.«

»Exakt. Santini mochte seine persönlichen Beweg-
gründe gehabt haben. Was Lindhjem und Mikkalsen
angeht, nun da hat der FLNC einen wunden Punkt getroffen. In Sachen Irak hat niemand eine reine Weste.
Die Norweger nicht, weil sie ihr Stück vom Kuchen ab-
haben wollten. Wir Dänen nicht, weil wir weggeschaut
und einkassiert haben, als die ›Umverteilung‹ begann.
Die Deutschen nicht, denn wer half während der Invasion so bereitwillig bei der Identifizierung von Bom-
benzielen? Manche Wunden verheilen schlecht, sie
können jederzeit wieder aufreißen. Lindhjems und
Mikkalsens Wunden sind wahrscheinlich nie verheilt.«

Tinus Geving vermutete hinter Pedersens freimütiger
Analyse nachrichtendienstliche Gewissheit und wun-
derte sich, dass er so offen darüber sprach.

»Könnte es das gewesen sein, was Santini meinte? Es
ist nicht vorbei, es hat gerade erst begonnen?«

Pedersen seufzte. »Die Welt ist nicht schwarz-weiß,
sie ist grau. Irgendwo in diesem grauen Dunst verbirgt
sich die unangenehme Wahrheit. Die Franzosen sind
gezwungen, sich mit ihren schmutzigen Geheimnissen
auseinanderzusetzen, und die Norweger werden eine
ähnliche Debatte zu führen haben. Glauben Sie mir
jetzt? Ihr Job hat eine weit größere Tragweite, als Sie
zuzugeben bereit sind.«

Geving konnte das wohlwollende Lob nicht annehmen. Ihm stellten sich mehr Fragen als zuvor. Solveig Arctander immerhin konnte ihre Probleme offen angehen. Mit Lindhjems Tod hatte sie endlich einen Grund, sich ihrer Gegner bei *NorskOil* zu entledigen. Seine Gedanken rasten.

»Was ist mit Mikkalsen?«

»Von der Bildfläche verschwunden. Bin gespannt, wie sie den kriegen wollen.«

»Ob sie ihn überhaupt kriegen wollen?«

Laurits Pedersen sah ihn nicht mehr ganz so gutmütig, dafür umso besorgter an. Er sprach eine Empfehlung aus, die an Schärfe kaum überboten werden konnte. »Geving, Sie steigern sich da in etwas rein! Mikkalsen ist deren Problem. Sie können sich nicht den Ballast der ganzen Welt aufbürden.«

Stimmte das? Steigerte er sich in etwas hinein, oder war er schlichtweg unnachgiebig? Vielleicht könnte man ihm auch Pedanterie vorwerfen, doch er war nicht in der Lage, über seinen Schatten zu springen. Dieser Fall würde ihm keine Ruhe lassen, bis er ihn endlich und höchstpersönlich aufgeklärt hatte. Fürs Erste, so schmerzlich es für ihn sein mochte, musste er den Rückzug antreten.

Der Däne schien ihn genau zu durchschauen, merkte, dass sein bester Ermittler nicht guten Gewissens Ruhe geben konnte. Wieder freundlich verordnete er: »Gehen Sie nach Hause, nehmen Sie sich ein paar Tage frei und schalten Sie ab. Den Abschlussbericht können Veenstra und Lambert übernehmen.«

Richtig. Geving sollte lernen zu delegieren.

Tinus Geving saß vor seinem Notebook und kam aus dem Grübeln nicht heraus. Er starrte auf die Herren Offiziere von Hans Majestet Kongens Garde. Dieses Bild konnte ihm nichts sagen, was er nicht bereits wusste. Tote redeten nicht.

Wohin waren die umgerechnet dreizehn Millionen Euro verschwunden, von denen Solveig Arctander gesprochen hatte? Hatten Lindhjem und Mikkalsen in die eigene Tasche gewirtschaftet, oder hatten sie *NorskOil*-Konten dazu benutzt, den FLNC zu finanzieren? Alle Indizien deuteten auf letztere Annahme hin. Wenngleich Geving mit dem Gedanken fremdelte. Sollten ausgerechnet zwei norwegische Ex-Militärs den Weg zur korsischen Separatistenbewegung gefunden haben? Wie es auch gewesen war, eines war sicher, sie konnten nicht ohne Unterstützung gehandelt haben, es musste einen Helfer in den Reihen des Osloer Finanzministeriums geben. War Erik-Sondre Bondevik ihm auf die Spur gekommen und musste deshalb sterben? Mussten Santini und Lindhjem sterben, um diesen Helfer zu schützen? Fragen über Fragen. Fragen, die allein Henning Mikkalsen beantworten könnte, doch der war untergetaucht. Gejagt nicht nur von seiner Regierung, sondern auch von seinem mutmaßlichen Auftraggeber. Verdammt! Geving fühlte sich von Pedersen ausgebremst. Dabei hatte der Deputy Director recht, ihnen waren die Hände gebunden. Die Angelegenheit mussten jetzt die Norweger und Franzosen miteinander besprechen. Seine Bauchschmerzen blieben. Geving musste sich zwingen abzuschalten. Also schloss er die Datei.

Was blieb zu tun? Er sah sich in seinem Apartment um. Vielleicht oder lieber nicht?

An seiner Wohnungstür klingelte es. Um diese Uhrzeit? Er schätzte keinen unangekündigten Besuch, da konnte er ziemlich unspontan sein. Ungehalten öffnete er.

Nun gut ... Gegen diese Störung hatte er nichts einzuwenden. Bei ihrem Anblick brach jeder eventuell noch vorhandene Widerstand unweigerlich in sich zusammen. Chloé Lambert.

»Guten Abend, Herr Kriminalhauptkommissar.«

Sie wartete nicht darauf hereingebeten zu werden, sie schlich sich einfach vorbei. Er ließ es geschehen. Seltsam.

»Versteh das jetzt bitte nicht falsch, aber könnten wir auf die Förmlichkeiten verzichten?«

Hatte er das wirklich gesagt?

Der Duft ihres Parfüms war betörend. Lavendel und Granatapfel.

»Mir recht.« Sie hatte ein zauberhaftes Lächeln, er konnte es nicht oft genug betonen. Die junge Französin sah sich in der Wohnung um. »Das mit den Fenstern ist interessant. Wirkt weniger geräumig mit diesen Staubfetzen.«

»Gardinen.«

»Gardinen!« Ihr Blick hatte nichts Ernstes mehr an sich, dafür »spitzbübisch« zu nennenden Spott. »Und so aufgeräumt.«

Sie überreichte ihm eine Geschenktüte, hübsch ornamentiert. Darin eine Dose, noch hübscher ornamentiert. Er wäre sprachlos, wäre er nicht gleichzeitig so begeistert.

»Woher wusstest du ...?«

»... dass du Tee magst? Französische Frauen verfügen über so etwas wie Intuition.«

»Oder über Kollegen, die Piet Veenstra heißen.«

»Ich beharre auf Intuition, verkauft sich besser. Kleines Souvenir aus Paris. Eine russische Mischung.«

Ein breites Grinsen legte sich auf sein Gesicht. »Wann hattest du dafür Zeit?«

»Für Shopping ist immer Zeit.«

»So ist das also ... Haha! Womit habe ich das verdient?«

»Deine Standpauke von neulich.«

Ach ja. Er wollte gar nicht daran zurückdenken. Ihm wurde warm.

»Na, es war kaum eine Standpauke. Eher eine Ermutigung.«

Sie lachte. Zum ersten Mal bemerkte er, welch ansteckendes Lachen sie haben konnte. Die ernsthafte Frau der letzten Tage – verschwunden.

»Dann war es halt eine sehr deutsche Ermutigung. Egal! Etwas ist passiert.«

»Möchtest du erzählen?«

»In Paris gab es einen Moment. Es war der Moment, als ich meinem ehemaligen Chef gegenüberstand. Früher schlotterten mir vor dem regelmäßig die Knie. Jetzt nicht mehr.«

»Was hat sich verändert?«

»Mir kamen deine Worte in den Sinn. Die Angst vor der eigenen Courage. Und dass man das Unmögliche wagen muss, um zu sehen, was möglich ist.«

»Ja, klingt nach mir«, sagte er vorsichtig.

Sein Puls beschleunigte sich. Wieso war er in ihrer Gegenwart nur so aufgeregt?

»Mir wurde bewusst, was du in mir gesehen hast, obwohl du mich kaum kanntest, und was er nie in mir sehen wollte.« Wieder dieses umwerfende Lächeln. »Danke!«

Das erste Kompliment seit Langem, das ihm wirklich etwas bedeutete. Sollte er es ihr sagen? Die Worte kamen ihm nicht über die Lippen, er war schließlich ihr Vorgesetzter.

Stattdessen: »Nicht dafür. Bei Bedarf für weitere deutsche Ermutigungen immer an mich wenden.«

Sie wollte schon wieder gehen, wie schade. An der Tür drehte sie sich noch einmal um, machte mit dem kreisenden Zeigefinger eine den Raum umschreibende Bewegung. »Vielleicht solltest du jetzt das Unmögliche wagen und hier für ein wenig Atmosphäre sorgen. Möglichst nicht in Eiche brutal.«

»Mit französischer Amtshilfe vielleicht?«

»Vielleicht.« Ein kurzer Abschiedskuss auf die Wange.

Tinus Geving fasste einen Entschluss. Wenn Chloé Lambert mit ihrer Vergangenheit abschließen konnte, dann konnte er es auch. Er wusste, wo er zu beginnen hatte. Nach zwei Jahren war er endlich angekommen.

21:00 Uhr

»Mit großem Bedauern habe ich gestern Nachmittag den Tod von Magnus Lindhjem zur Kenntnis

genommen. Wir betrauern den Verlust eines langjährigen verdienten Mitarbeiters. Persönlich kann ich mir kaum vorstellen, mit welch inneren Dämonen er zu kämpfen hatte. Ich kann nur hoffen, dass ihm nun der Frieden vergönnt ist, den er zu Lebzeiten vergeblich suchte. Ganz NorskOil ist in dieser bitteren Stunde bei Magnus Lindhjems Familie, seiner Frau und seinen beiden Töchtern. So schockierend dieses Ereignis sein mag, es gibt uns zu verstehen, in welcher Verantwortung wir für all unsere Mitarbeiter stehen. Große Herausforderungen liegen vor uns. Ich versichere an dieser Stelle auch in Magnus Lindhjems Sinne: Wir werden nicht ruhen, dafür zu sorgen, dass NorskOil ein Unternehmen bleibt, auf das Norwegen stolz sein kann.«

So äußerte sich Solveig Arctander heute Vormittag kurz vor einer außerordentlich anberaumten Vorstandssitzung ihres Konzerns. Magnus Lindhjem wurde am gestrigen Morgen leblos in seiner Osloer Wohnung aufgefunden. Es war vermutet worden, dass ein Zusammenhang zum Fall des Sonderermittlers Erik-Sondre Bondevik bestehen könnte. Bondevik war am Sonntag in Paris einem Attentat zum Opfer gefallen, zu dem sich die korsische Terrororganisation FLNC in einem Internetschreiben vom heutigen Tag bekannt hat. Obwohl die Polizei zu den genauen Todesumständen Lindhjems keinerlei Angaben gemacht hat, gilt als gesichert, dass es sich um Selbstmord handelt. Unbestätigten Quellen zufolge litt der Finanzvorstand von NorskOil an einer schwerwiegenden Folgeerkrankung aus seiner Zeit beim Militär ...

»Beeindruckend. Sie hätte Schauspielerin werden sollen.«

»Solveig Arctander wird jetzt aufräumen. Müssen wir uns Sorgen machen?«

»Uns trifft das nicht. Ich bin sehr erfreut, wie sich alles zusammengefügt hat.«

»Lindhjems Versagen hätte uns beinahe den Kopf gekostet.«

»Beinahe. Dank Ihrer Fürsorge hat dieser Deutsche ein überzeugendes Bild zu sehen bekommen.«

»Die Europäer werden uns nicht länger behelligen.«

»Was mich daran erinnert: dieses Bild. Haben Sie es von Anfang an einkalkuliert?«

»Ich würde meine Arbeit nicht machen, hätte ich nicht gewusst, was dieser Korse in der Hinterhand hatte. Es war dienlich, die Ermittlungen in die richtige Richtung zu lenken.«

»Ich habe gut daran getan, Sie mit der gesamten Operation zu betrauen.«

»Verfahren wir weiter nach Plan?«

»Das überlasse ich ganz Ihnen. Jetzt wo Sie einen so hervorragenden Einblick haben. Um eines muss ich Sie jedoch bitten: Keine Fehler! *Motstandsbevegelsen* toleriert keine Fehler.«

»Jawohl, Herr General.«

»Danke, Svartkamp. Das wäre alles.«

Codewort: Hyäne

An die Hitze würde sich Henning Mikkalsen nie gewöhnen. Irak, Sudan, Eritrea. Immer das gleiche Spiel. Bereits beim Verlassen des Flugzeugs wäre er fast von einer Wand aus Hitze erschlagen worden. Der Art von schwülfeuchter Glut, die das Leben förmlich aus ihm heraussaugte, ihn binnen weniger Minuten nach Wasser schreien ließ, was es nicht besser machte. Nach kurzer Zeit setzten die krampfartigen Schmerzen von Neuem ein. Der Schrei wiederholte sich, immer, immer wieder. Auch die Nähe zum Roten Meer trug nichts zur Linderung bei. Der Seewind sorgte nicht für die erhoffte Abkühlung, er brachte nur noch mehr Feuchtigkeit in den überhitzten Moloch, der sich Eritreas Hauptstadt nannte.

Die Klimaanlage in der Hotellobby kam kaum nach. Ununterbrochen fächerte er sich Luft zu.

Seinem Gesprächspartner, der am frühen Morgen angereist war, ging es kaum besser. Felix Adler, ehemaliger Oberst des ostdeutschen Ministeriums für Staatssicherheit und Gründer des weltweit agierenden Sicherheitsunternehmens *Aquila Defence*. Mikkalsen reagierte erschrocken. Sein Ex-Chef wirkte grau, eingefallen, schlaff und kraftlos. Vor wenigen Monaten noch hatte der Mann über eine ganz andere Konstitution verfügt. Obwohl Mikkalsen nicht mehr bei *Aquila Defence* beschäftigt war, verband ihn eine andauernde intensive Zusammenarbeit mit Adler.

»Sie sehen nicht gut aus«, sagte Mikkalsen zur Begrüßung.

»Nichts, worüber sich ein Jungspund wie Sie den Kopf zerbrechen sollte«, entgegnete Adler.

»Wirklich?« Er kaufte ihm den Beschwichtigungsversuch nicht ab.

Sie kannten sich zu gut. Er kannte den Deutschen zu gut, um zu wissen, dass etwas mit ihm nicht in Ordnung sein konnte.

Adler seufzte. »Das Herz ist auch nicht mehr das, was es einmal war.«

»Und dann nehmen Sie wider besseres Wissen diese Reise in Kauf?« Er klang verärgerter als beabsichtigt.

»Der General hat einen neuen Auftrag für Sie.«

Henning Mikkalsen hätte erleichtert sein müssen. Er hatte von Magnus Lindhjems Tod erfahren und eigentlich damit gerechnet, dass es ihm jetzt an den Kragen gehen würde. Fliehen konnte er nicht. Wohin auch? Norwegen suchte ihn per Haftbefehl, dabei hatte er mit Bondeviks Tod nichts zu tun. Als Adler ihn kontaktiert hatte, konnte ihn das nur bedingt beruhigen. Sicherlich, der Mann war für ihn ein Vaterersatz. In erster Linie jedoch war er Geschäftsmann, der seine Interessen mit allen Mitteln durchzusetzen verstand. Und er war die unangefochtene Nummer zwei in der Organisation. Mikkalsen hatte mit eigenen Augen gesehen, wozu der ehemalige Stasi-Offizier fähig war.

»Warum schickt er Sie?«, fragte er misstrauisch. »Hat er für Botengänge nicht seine eigenen Leute?«

Sofort bereute er die Frage.

»Um manche Dinge kümmert man sich besser selbst«, gab Adler zur Antwort, nur um zu fragen: »Wie gut ist Ihr Afrikaans?«

Mikkalsen verstand nicht, er wurde noch misstrauischer. »Gut genug. Wozu die Frage?«

Adler schob ihm einen Koffer über den Tisch. »Öffnen Sie ihn.«

Er tat wie geheißen. Der Kofferinhalt sorgte für eine Überraschung. Hunderttausend Euro in bar, Flugtickets, ein Wagenschlüssel, eine Waffe mit Reservemagazinen, ein neues Mobiltelefon, eine externe Festplatte. Und obenauf ein südafrikanischer Diplomatenpass.

»Sie reisen als Oswald Prinsloo im Auftrag der Afrikanischen Union«, erklärte Adler. »Das ist unverdächtig genug. Sie fliegen nach Casablanca, mit Transit über Kairo. In Casablanca nehmen Sie den bereitgestellten Wagen, mit dem Sie nach Ceuta einreisen.«

»Nach Ceuta!« Mikkalsen bekam Panik. »Das ist spanisches Hoheitsgebiet! Ebenso gut könnte ich mich denen direkt ans Messer liefern.« Er wedelte mit dem Diplomatenpass. »Da hilft auch der nicht.«

»Alles ist vorbereitet, Henning«, beruhigte ihn Adler. »Die Grenzabfertigung ist in unserer Hand. Merken Sie sich nur folgenden Codenamen: ›Hyäne‹. Sie werden danach gefragt werden.«

»Hyäne?«

»Damit können Sie unbehelligt einreisen. Von Ceuta nehmen Sie die Fähre aufs spanische Festland.«

Felix Adler nannte Mikkalsen nur selten beim Vornamen. Eigentlich immer nur dann, wenn er ihm Zumutungen zu offenbaren hatte und seine Absichten dahinter zu verbergen suchte. Der Deutsche mochte ein hervorragender Spion, ein »Kundschafter des Friedens«, gewesen sein, ein Führungsoffizier war er nie. Es trug nicht dazu bei, Mikkalsens Unwohlsein abzumildern.

»Was ist mein Auftrag?«

Adler zeigte auf die externe Festplatte. »Sie übergeben dieses Material unserem Kontaktmann in Spanien an einem gewissen Ort, zu einer gewissen Zeit. Es steht alles in Ihren Reisedokumenten.«

»Was ist auf dieser Festplatte?«

Schmunzeln. Ein gefährliches Schmunzeln.

»Sagen wir's mal so. Die Europäer haben bald ganz andere Probleme als uns.«

»Woher stammen diese Informationen?«

»Sie fragen zu viel!«, warnte der Deutsche. Und etwas väterlicher: »Ich sagte ja schon, um manche Dinge kümmert man sich besser selbst.«

Henning Mikkalsen gab klein bei. »Na gut, mir bleibt wohl nichts anderes übrig.«

»Wir stehen an einem Wendepunkt. Es ist Zeit, die Samthandschuhe auszuziehen. Das Gelingen der Operation hängt ganz entscheidend von Ihnen ab, mein Freund. Es wird Ihnen den Weg in den inneren Führungszirkel ebnen. Das wollten Sie doch. Wiederholen Sie nur nicht Lindhjems Fehler. Viel Glück, Henning.«

Ein kurzes Händeschütteln, und schon ging Felix Adler davon.

Wieder hatte er ihn Henning genannt. Mikkalsen befürchtete, dass da mehr vor sich ging, als man ihm offenbaren wollte. Warum wohl? Er musste einen Weg finden, unbemerkt an die Informationen auf der Festplatte zu gelangen. Sein Leben hing davon ab.

Montag, 25. März
Museo Nacional del Prado
Calle Ruiz de Alarcón, 23
Madrid
08:45 Uhr

Anaías Betancourt, spanischer Justizminister, hatte nur wenig Freizeit. In der derzeitigen politischen Lage seines Landes weniger denn je. Nur kurze Momente der Besinnung waren ihm vergönnt. Diese Momente verbrachte er am liebsten hier, bei der Betrachtung seines Lieblingsgemäldes, Tizians *Kaiser Karl V. nach der Schlacht bei Mühlberg.*

Sein Untergebener wusste, wo er ihn antreffen würde, sollte es nötig sein. Er wusste auch, dass man es nicht wagen sollte, ihn zu stören, es sei denn, es handelte sich um Dinge von außerordentlicher Wichtigkeit.

»Herr Minister, vor drei Stunden passierte ein südafrikanischer Diplomat namens Oswald Prinsloo unsere Außengrenze in Ceuta. Bei der Kontrolle gab er ein Passwort an: ›Hyäne‹. Sie wollten informiert werden.«

Er hatte seine Emotionen bestens im Griff. Seine plötzliche Aufregung, sein Triumphgefühl. Von all dem bekam sein Untergebener nichts mit.

»Sie wissen, wer sich hinter dieser Identität verbirgt?«

»Henning Mikkalsen«, bestätigte sein Untergebener. »Gesucht von Norwegen per Europäischem Haftbefehl. Wie lauten Ihre Anweisungen, Herr Justizminister?«

Ein Lachen konnte sich Betancourt nicht verkneifen. »Es besteht kein Anlass, sich der norwegischen Justiz entgegenzustellen.«

»Wir informieren Lyngstad?«

Daran konnte dem General nicht gelegen sein. Der Minister hatte klare Anweisungen, wie mit Mikkalsen verfahren werden sollte.

»Nein, wir handeln strikt nach Vorschrift.« Er überlegte. Sie benötigten jemanden, der jung und unerfahren genug war, ihnen die ganze Scharade abzukaufen. »Welche Verbindungsbeamten zu Europol können wir mit der Sache befassen?«

»Inspector Valentina Luna Navaz«, bekam er zur Antwort.

Exzellent! Jung, unerfahren und dumm genug. Die junge Frau war ihm ergeben. Er hatte gut daran getan, ihre Beförderung zu betreiben. »Setzen Sie Inspector Navaz in Kenntnis.«

Sein Untergebener nickte die Anweisung knapp ab und entfernte sich.

Es war an der Zeit. Zeit für Betancourt aufzubrechen. Zeit zu handeln. Er machte sich keinerlei Illusionen darüber, was er gerade in Gang gesetzt hatte – einen Staatsstreich, der ihn an die Spitze der Regierung spülen würde. Völlig unbewaffnet, ohne Blutvergießen. Alles, was er dafür benötigte, wäre eine kleine Indiskretion. Eine Indiskretion, die ihm Henning Mikkalsen liefern würde, ohne davon zu wissen. Eine Indiskretion, die Spanien vom Joch der Europäer befreien und Europa an den Rand des Abgrunds treiben würde.

Viel zu lange hatte Spanien deren Bevormundung ertragen, während immer breitere Bevölkerungsschichten in die Armut getrieben wurden. Das wollte Europa nicht sehen. Auch nicht die erst vor wenigen Jahren errichteten Stadtviertel, entvölkert und zu Geisterstädten verkommen. Zahltag! Unter seiner Führung würde Spanien wieder groß sein.

Er gestattete sich einen letzten Blick auf sein Vorbild. Wie sagte er?

In meinem Reich geht die Sonne niemals unter.

Anaías Betancourt würde dafür sorgen, dass sich dieser Wahlspruch wieder mit Leben erfüllte.

Der Königstag in Rotterdam begrüßt seine Besucher in

1 Jahr, 1 Monat, 1 Tag, 15 Stunden, 15 Minuten

Handelnde Personen

Europol

Tinus Geving – Kriminalhauptkommissar, Deutschland

Piet Veenstra – Agent, Niederlande

Chloé Lambert – Lieutenant, Frankreich

Laurits Pedersen – Deputy Director, Dänemark

Niederlande

Thijs de Groot – Agent, Polizeibezirk Rotterdam

Adriaen Mulder – Chef des Landelijke Politiediensten, Den Haag

Lieke Brouwer – Nederlands Forensisch Instituut (NFI), Den Haag

Frankreich

Yves Renard – Lieutenant, Ermittler bei der Brigade criminelle

Patrice Jacques de Bonquier – Sous-Directeur, Leiter der Direction régionale de la police judiciaire de Paris (DRPJ)

Norwegen

Olaf Bergnaar Svartkamp – Norwegischer Verbindungsbeamter bei Europol

Storm Thingnes Lyngstad – Riksadvokat, Generaldirektor der obersten Anklagebehörde Norwegens

Weitere Personen

Solveig Arctander – CEO von NorskOil

Magnus Lindhjem – Mitglied des Vorstands von NorskOil
Henning Mikkalsen – Projektleiter bei der East African Development Company (EADC)
Ghjuvan Francescu Santini – ehemaliger Agent des Direction Générale de la Sécurité Extérieure (DGSE)